Frau Friese und der Fenstersturz

Von Anja zum Vatertag 2014

Martha Bull

Frau Friese und der Fenstersturz

EDITION TEMMEN

1

Was macht denn dieser dicke Hund da vor der Tür? Ach je, wie nass der ist! Armes Tier! Der hat ja gar kein Halsband. Ob der niemandem gehört? Ob ich mir den einfach hochholen kann?

Ich ziehe das Fenster auf und rufe mit gedämpfter Stimme hinunter: »He, Hund, willst du raus aus dem Regen?«

Der Hund hebt seinen breiten gelben Kopf und sieht mich lange an. Er spitzt die dreieckigen Ohren, wedelt verhalten mit dem Schwanz. Ja, er wedelt mit dem Schwanz. Das ist doch das Zeichen.

»Willst du raufkommen?«, frage ich.

Unschlüssig stehe ich am Fenster, der Regen weht mir ins Gesicht. Laufe ich nun runter, um ihm die Tür zu öffnen, oder gucke ich weiter von oben, was er tut? Bis ich unten bin, kann er wer weiß wohin sein, ich wohne im dritten Stock, Altbau, und bin seit diesem Unfall mit dem Fahrrad nicht gut zu Fuß. Aber er wird ja nicht zum Fenster hochfliegen. Doch ich bin zu langsam. Noch während ich das Fenster schließe, senkt er wieder den Kopf und trabt weiter, biegt am alten Backsteinhaus gegenüber um die Ecke und ist verschwunden. Ich seufze auf. Wieder eine Chance vertan.

Waltraud, sei vernünftig. Was willst du mit einem Hund? Hier oben im dritten Stock?

Traurig sehe ich mich um, das winzige Wohnzimmer reicht gerade für ein Sofa, einen Tisch und meinen alten Sessel am Fenster. Ach ja, das Regal mit den Büchern an der Wand, aber das steht in der Nische. Die Dachschräge macht es auch nicht besser, sieht gemütlich aus, ich mag das, nimmt aber doch viel Platz weg. Der dicke Hund würde den letzten Rest des Fußbodens einnehmen.

»Unrealistisch, Waltraud«, sage ich mir. Und seufze wieder.

Müde lasse ich mich in den Sessel zurücksinken und starre weiter hinaus auf die Straße. Dabei gibt es nichts zu sehen. Es ist halb fünf in der Frühe. Da ist nie etwas zu sehen. Aber bald werden die ersten Autos durch die kleine Straße rollen. Ich kenne sie alle, den roten Kombi von dem Handwerker von Nummer dreiundzwanzig oder die Frau mit dem weißen Cabrio, im Sommer kann ich ihr ins Auto spucken, hihi. Sieht teuer aus. Obwohl, wer sich ein teures Auto leisten kann, muss der schon vor sechs aus dem Haus? Wer weiß, vielleicht arbeitet sie in einer anderen Stadt. Gegen sieben wird es dann lebendig, wenn die Kinder zur Schule müssen. Aber dann döse ich oft ein, denn irgendwann muss ich ja schlafen. Eigentlich ist das dumm, mitten in der Nacht wach zu sitzen und dann einzuschlafen, wenn es sich lohnt, wachzubleiben. Aber ich kann es mir nicht aussuchen, nicht wirklich. Es geschieht mir. Manchmal denke ich, mein ganzes Leben geschieht mir nur, nichts passiert wirklich. Nichts habe ich selbst angeregt.

»Waltraud, tu doch mal was«, so spreche ich mich manchmal selbst an. Andere bewundern meine Gelassenheit. Ja, Gelassenheit nennen sie es. Noch kürzlich sagte Frau Kellner von gegenüber im Mini-Shop zu mir:

»Wie Sie da so am Fenster sitzen, so gelassen alles betrachten, Frau Friese, da bewundere ich Sie für, wissen Sie, ich hätte ja die Zeit und die Ruhe gar nicht dafür. Bei mir ist immer jemand, der was von mir will. Aber Sie können da so sitzen, herrlich, Frau Friese, herrlich.«

»Ja, ja«, habe ich geantwortet.

Was hätte ich ihr denn sagen sollen? Dass ich gerne jemanden hätte, der was von mir will. Dass da aber niemand mehr ist, seit Hans-Georg gestorben ist vor zwölf Jahren.

Vor zwölf Jahren. Da hatten wir gerade seinen Sechzigsten gefeiert, ganz groß sollte das sein. Junge, wie haben wir da gestritten. Hans-Georg wollte doch unbedingt eine Band einladen, eine richtige Band, die sollte aufspielen. Aber die Jungs wollten allein für eine Stunde zweitausend Mark haben, war ja alles noch D-Mark damals.

»Aber das sind die wert, Waltraud«, hat mich Hans-Georg beschworen. Ich wollte nicht, wir haben dann den Ein-Mann-Musiker mit seinem Synthesizer genommen, der spielte für dasselbe Geld den ganzen Abend. Und der holte da auch alles raus aus dem Ding, den »Schneewalzer« zuerst, da mussten wir zwei alleine tanzen, na ja, es ging so, ich habe mich schon etwas geschämt, weil, also, Hans-Georg hat ja seit seinem Abschlussball keinen Walzer mehr getanzt. Aber dann hat der Mann auch andere Sachen gespielt, also, Rock 'n' Roll, Hans-Georgs Lieblingsmusik. Ich mag die wohl auch gerne, erinnert mich an früher, als wir noch jung waren. Als ich noch viel rausgegangen bin zum Tanzen und so. Immer unterwegs. Anders als heute. Aber als Hans-Georg dann nur ein paar Wochen nach dem großen Fest eines Abends einfach tot umfiel, Herzinfarkt, da tat es mir doch leid, dass er seine Band nicht gekriegt hat. Andererseits war das ganze Fest ja teuer genug gewesen, Schulden hatten wir deswegen sogar gemacht, und nun noch das Geld für die Beerdigung, und das alles auf einmal, mit der Witwenrente. Ja, einfach war das nicht damals, wirklich nicht. Aber ja, zwölf Jahre ist das jetzt her. Ich musste ja dann umziehen, ging ja nicht mehr, das schöne große Haus für mich alleine, war ja noch nicht mal ganz abbezahlt. Hat gerade gereicht für diese kleine Wohnung hier.

»Willst du wirklich in den dritten Stock?«, hat Helga mich gefragt. »Und kein Lift, wirst doch auch nicht jünger.«

Dabei hat mir doch ihr Rainer die Wohnung vermittelt. *Der* fand da nichts bei.

Und das hier konnte ich eben bezahlen. War ja gerade eine schlechte Zeit, um Häuser zu verkaufen, hat mir zumindest Rainer damals erklärt. Musste der doch wissen als Immobilienmakler.

»Und so klein, Waltraud, willst du denn gar nicht mehr dran denken, dich wieder zu verheiraten, du bist doch noch jung genug. Nicht sofort natürlich, entschuldige, ich weiß, Hans-Georg ist ja noch, also, du verstehst schon. Nur …«

»Ich heirate nicht mehr«, habe ich ihr erklärt. »Einmal reicht.«

»Komm, so schlimm war Hans-Georg doch nicht. Ich habe mit Rainer aber mehr Streit.«

»Vielleicht ist es das, was gefehlt hat, Helga, der Streit.«

»Wie? Verstehe ich nicht, ihr wart doch so ein harmonisches Paar.« Und ich dachte, Helga wäre meine Freundin. Man lernt eine Menge über die Menschen, wenn sie in so einer Situation wie einem Trauerfall auf einmal reden, was sie sonst immer versteckt gehalten haben. War sie wirklich so blind, oder wollte sie nur was Nettes sagen? Ich fand es aber nicht nett. Unerträglich fand ich es. Hat sie denn nie gemerkt, dass Hans-Georg keinen Widerspruch dulden wollte? Immer musste er recht behalten. Nur bei der Band habe ich mich durchgesetzt, weil, Hans-Georg war auch noch geizig. Wenn ich was wollte, musste ich nur sagen, dass man dabei was spart, schon kriegte ich's. Hähä, das hat der nie gemerkt.

Helga. Was die jetzt wohl macht? Hab ich auch seit fast zwölf Jahren nicht mehr gesehen. Ob ihr Rainer noch lebt? Der müsste dann doch, äh … ja, etwa Mitte siebzig müsste der sein, wenn er denn noch lebt, der war ja auch kein Kostverächter, und siebzig, das ist so ein Alter, stehen immer ganz viele in den Todesanzeigen vom *Kurier*, Frauen leben ja ein bisschen länger, hab ich ja noch ein bisschen Zeit.

Wozu nur? Die Zeit, meine ich. Um aus dem Fenster zu gucken? Ich kann doch nicht immer nur lesen, werden die Augen so müde von. Also, ich weiß nicht. Vielleicht sollte ich mir doch ein Tier anschaffen, vielleicht eine Katze, da muss ich nicht dauernd mit rausgehen. Mit Hunden ist das so lästig, vor allem jetzt, wo man die Hundeköttel wegmachen muss, wo mir doch das Bücken so schwerfällt. Nee, nee, besser wäre schon eine Katze. Aber in dieser kleinen Wohnung? Die will doch spielen. Vielleicht doch eher einen Vogel oder einen Fisch. Ach, Waltraud, was für ein Unsinn, Vögel in Käfigen waren dir schon immer ein Gräuel, und Fische findest du sterbenslangweilig. Hör auf damit.

Ich schrecke hoch, bin eingedöst. Sollte ich nicht tun in diesem Sessel. Da kriege ich nur einen steifen Hals von. Kaffee. Ich brauche einen Kaffee. Ich stütze mich auf der Fensterbank ab und recke meinen steifen Körper. Aua. Überall ziept es. Wäre ich doch nur nicht bei dem rutschigen Wetter mit dem Rad losgefahren. Fast sechs Monate ist das jetzt her und seitdem bin ich steif. Wird vielleicht nicht mehr, sind eben alte Knochen. Obwohl, Doktor Hagen hat das anders gesehen.

»Sie müssen sich mehr bewegen«, meinte der, als ich bei ihm war, weil ja mein Bein nicht besser wurde nach dem Sturz.

»Das ist alles gut verheilt, nur müssen Sie sich wieder ans Bewegen gewöhnen.«

Als ob ich nicht genug zu laufen hätte, wenn ich immer vom Dritten runtermuss und wieder hoch, und das ohne Lift. Ist doch wirklich genug Bewegung, da reicht meine Puste nicht, um noch viel rumzulaufen. Radfahren trau ich mich ja nicht mehr.

Na ja, hat die Helga ja schon recht gehabt. Würde ich ihr aber nie zugeben. Nie! Vor der nicht.

So. Ein Glück, dass Hans-Georg zu seinem Sechzigsten diese wunderschöne Kaffeemaschine bekommen hat, die tut es noch immer. Wertarbeit eben, wurde damals noch gemacht. Heute geht doch alles gleich kaputt. Hab ich denn noch Milch? Oh weh, das reicht gerade mal fürs Frühstück, ach ja, dann muss ich doch gleich zum Einkaufen. Dann meckern wieder die Leute, wenn ich an der Kasse nicht schnell genug bin. Die werden auch mal alt. Aber das glauben sie nicht. Hab ich ja auch nicht geglaubt. Wäre ich doch nie in den Dritten gezogen ohne Lift.

Dass die Maschine so laut ist. Hoffentlich stört es die Nachbarn nicht, so früh am Morgen. Aber gesagt hat noch nie einer was.

Ich gehe langsam ans Fenster, lasse aber die Gardinen vorgezogen. Hier aus dem Küchenfenster hat man keinen schönen Ausblick, nur auf die Häuser gegenüber. Ist ja nur die Rückfront, vorne zur Straße sind die ganz schön, Altbauten eben, aber hier nach hinten raus, wo doch keiner hinguckt, da sind die langweilig. Viel Platz ist ja auch nicht zwischen den Häusern. Unten der Hof, da passen man eben die Mülltonnen hin, aber die Nachbarn reden stolz von ihrem »Garten«. Ich sitze lieber drüben im Zimmer am Fenster. Hier stehen mir die Häuser zu dicht. Kriegt ja jeder alles mit. Aber wenn ich kein Licht mache, kann mich auch niemand begucken. Andrerseits, was gibt es bei mir schon zu sehen?

Nanu, heute ist es gar nicht so dunkel. Wo kommt das Licht her um die Zeit? Von gegenüber aus der Dachwohnung? Da wohnt doch so ein junger Kerl. Die kümmern sich nicht um uns Alte. Der schläft immer in den Tag rein, hat wohl nichts zu tun, arbeitslos sicher, sind ja so viele heutzutage, ach ja, nur gut, dass ich Rentnerin bin. Abends wird der oft ein bisschen laut, da feiert der mit seinen Freunden. Ich hör ja nicht mehr so gut, mich stört es nicht weiter. Ich setze mich ins Wohnzimmer und mache die Tür zu. Nur die Berger von unter mir aus dem Zweiten, die meckert regelmäßig. Hat auch schon mal die Polizei gerufen, ja, da war es aber auch besonders wild, da haben sie mit Sachen geschmissen, immer aus dem Fenster raus in den Hinterhof. Macht man doch nicht. Kann ja so arm nicht sein, wenn er zu viel hat, um es rauszuwerfen. Lümmel sind das. Nee, nee.

Aber komisch, jetzt ist da schon Licht bei dem. Jetzt. Ist doch erst kurz nach fünf. Wieso ist der denn jetzt schon auf, das hab ich ja in den ganzen Monaten nicht erlebt, die der da schon wohnt. Wie lange ist das nun? Ach, egal, irgendwann im Sommer war das. Vielleicht hat er ja doch jetzt Arbeit, wird er sich erst mal ganz schön umstellen müssen. Aber ist ja noch jung, könnte mein Enkel sein, nur hab ich ja keine, weil, Kinder haben wir ja nicht gehabt, Hans-Georg und ich. Klappte wohl nicht, ach, wer weiß, wozu es gut ist.

So, was sagt die Kaffeemaschine? Ausgerödelt? Na fein. Erst mal einen guten Schluck Kaffee. Mmm. Das tut gut.

Huch! Was war das denn? Hat da jemand geschrien? Was ist denn da los? Was …?

Mein Gott, das …!

Nein!!

Da! Da! Da fällt was aus dem Fenster da drüben, aber … aber …

Ein Mensch! Da fällt ja ein Mensch aus dem Fenster!

Um Himmels willen, wie der mich anstarrt!

Der Junge! Nein!

Aus dem Dritten, das kann doch nicht gut gehen.

Schnell das Fenster aufmachen, herrje, der arme Junge, schnell, ach, die Kaffeetasse. Stell sie ab, Waltraud, na, mach schon!

Aber da ist ja noch einer, guckt da drüben aus dem Fenster. Ein Fremder. Und dann starrt er rüber, genau in meine Küche. Ich halte die Luft an. Ich habe ein ganz mulmiges Gefühl, ganz komisch ist mir. Gut, dass ich kein Licht gemacht habe.

Ob der durch die Gardinen sehen kann? Himmel, hilf, das nicht. Der ist ja unheimlich, der Kerl! Besser, der sieht mich nicht.

Jetzt guckt er weiter an unserm Haus runter. Was gibt es denn da zu gucken?

Ruf den Krankenwagen! Polizei!

Steht der da und guckt.

Na ja, Krankenwagen ist wohl nicht mehr nötig, aus dem dritten Stock. Der Arme, wie kann denn so was passieren?

Der Kaffee spritzt über den Tassenrand auf meine Hand. Autsch, heiß. Mir zittern die Hände und jetzt auch die Knie. Endlich stelle ich die Tasse klirrend ab. Setz dich mal hin, Waltraud, sonst fällst du noch um. Aber das geht doch nicht, hinsetzen und nichts tun, da ist einer aus dem Fenster gefallen.

Wie kann er denn gefallen sein? Aus dem Fenster? Wenn er nun geschubst wurde?

Du siehst zu viele Krimis. Ich lache mühsam, während meine Hände sich an der Tischplatte festkrallen. Noch immer starre ich auf das Haus gegenüber. Der Fremde hat jetzt das Fenster zugeknallt und den Vorhang vorgezogen.

Ächzend plumpse ich auf den Küchenstuhl. Mein Herz rast. Ich lege eine Hand auf die Brust, gib Ruhe, Herz. Mein Gott, wenn mich jetzt der Schlag trifft, wie Hans-Georg damals, findet mich hier doch keiner. Wenigstens schließe ich die Haustür nie ab, sicher ist sicher. Und das nur wegen dem Bengel da drüben.

He, Waltraud, der ist aus dem Fenster … also, der ist doch sicher tot jetzt. Tot, Waltraud.

Und dieser andere, wie der aussah! Ganz verzerrt war das Gesicht und rot, sicher vor Wut. Werden sich gestritten haben. Böse sah der aus, irgendwie böse, trotz der blonden Locken und dem jungen Gesicht. Wie ein böser Engel, denke ich. Ach, Waltraud, jetzt spinnst du aber, böser Engel.

Waltraud, tu endlich was!

Langsam mit den wilden Pferden. Wenn der den Jungen gestoßen hat, und ich rufe die Polizei? Wird der sich freuen, dass so ne alte Schachtel ihn gesehen hat. Nein, das ist mir viel zu gefährlich. Aber wenn er den umgebracht hat, muss doch die Polizei sich kümmern. Die müssen ja nicht sagen, wer ihn gesehen hat. Oder? Was tu ich nur? Vielleicht ruft ja jemand anders die Polizei. Vielleicht.

Immer noch zitternd trinke ich den Kaffee. Waltraud, tu endlich was.

Mühsam reiße ich mich los und schlurfe zum Telefon. Aber die sollen meinen Namen nicht sagen, denke ich, während ich eins eins null wähle.

2

Die Skepsis im Blick der Polizistin entgeht mir nicht. Sie glaubt mir die ganze Geschichte nicht. Aber der Junge liegt im Hof und ist tot, das ist eine Tatsache, das kann sie nicht abstreiten.

»Haben Sie denn nicht runtergesehen, Frau Friese?«, fragt sie nun. Ich schüttle nur den Kopf. Wie soll ich das erklären, diese Angst vor dem, was mich erwartet hätte – und die Angst vor dem bösen Engel? Wenn ich das sage, bringen die mich doch gleich in die Klapse.

»Nein«, flüstere ich nun, schüttle den Kopf.

Da winkt sie mich zum Fenster, öffnet es weit und deutet nach unten. Zögernd sehe ich runter. Und erstarre.

Leer. Der Hof ist blank und leer. Nur nass.

Ich glaube es nicht. Wo ist der Junge? Wie ist das möglich? Wo kann der denn hin sein, ist doch kein Vogel.

»Sehen Sie selbst, Frau Friese, da ist niemand. Wir haben keine Spuren gefunden.«

Sie redet nun mit dieser Ich-muss-Geduld-haben-Stimme. Und ein bisschen zu laut. Als ob ich blind, blöd und taub wäre. Aber recht hat sie. Ich will was sagen, erklären, aber ich bringe kein Wort raus, schüttle nur immer wieder den Kopf. Bis ich merke, was ich tue.

Hör auf damit, Waltraud. Die hält dich ja für bekloppt, wenn du so mit dem Kopf wackelst. Kein Wunder, dass die dir nicht glaubt, wenn du dich so aufführst.

»Vielleicht hat ihn jemand weggeschafft. Der andere.«

Ich sehe auf die Uhr. Kurz nach sechs. »Hätte ja Zeit gehabt«, füge ich an.

Die Polizistin schließt das Fenster mit einem Ruck. Sie seufzt leise, aber deutlich genug, dass ich merke, wie generervt sie ist. Ich kenne die Tour, und sie macht mich wütend und hilflos.

Was soll ich denn noch sagen? So schnell es auch ging, ich habe den Jungen fallen sehen. Ich habe seinen Blick gesehen, dieses ungläubige Staunen. Wenn ich die Augen schließe, sehe ich es wieder vor mir. Seinen Blick. Mich graust dabei. Wie kann er denn verschwunden sein? Ich begreife es doch nicht.

»Frau Friese, sehen Sie, wenn jemand aus dieser Höhe abstürzt, dann, nun ja, dann gibt es Spuren, glauben Sie mir. Selbst wenn der Körper weg ist. Aber da ist nichts.«

Ja, ja, ich weiß, was du meinst, deshalb habe ich ja auch nicht rausgeguckt. Ich bin immer noch wütend und verwirrt.

»Es regnet«, muffele ich. »Sehr.«

Die Frau geht zur Haustür.

»Ich habe Ihre Aussage notiert, Frau Friese und wir werden den Fall prüfen.«

Sie geht. Ich bin froh, dass sie endlich weg ist. Manchmal regen mich diese jungen Leute auf, tun so, als hätte ich nicht mehr alle Tassen im Schrank, nur weil ich alt bin.

Plötzlich überfällt mich eine schwere Müdigkeit, ich schaffe es gerade noch, mich auf dem Sofa auszustrecken, da bin ich auch schon eingeschlafen.

Wie lange ich geschlafen habe, weiß ich nicht. Ich schrecke hoch, weil mich der Junge im Fallen so furchtbar anschaut, so verzweifelt. Und unten im Hof sitzt dieser dicke gelbe Hund und grinst.

Verwirrt reibe ich mir die Augen. Habe ich das Ganze etwa nur geträumt? Ich schlurfe in die Küche und öffne das Fenster, sehe hinunter in den Hof. Da ist keine Spur von einem Toten, keine Polizei, niemand.

Waltraud, jetzt fängst du an zu spinnen, murmele ich und schließe ganz vorsichtig das Fenster wieder. Lange sehe ich in den trüben Morgen und versuche zu klären, was eigentlich los ist. Ob überhaupt etwas los ist. Gegenüber verdecken weiterhin die Vorhänge das Fenster, als sei nie etwas geschehen.

»Der hat nie die Vorhänge zugezogen«, platzt es aus mir raus. »Das war der andere.«

Ich sehe mich in meiner Küche um, als sähe ich sie zum ersten Mal. Was geht hier vor?, frage ich mich.

Mechanisch stelle ich die schmutzige Kaffeetasse in den Ausguss. Milch muss ich holen, erinnere ich mich. Milch gehört in den Kaffee, Milch ist alle, ich muss also Milch kaufen. Gut, dass es ein paar Dinge gibt, die einfach und klar sind.

Geh Milch holen, Waltraud, da bist du auf der sicheren Seite.

3

Mein Atem geht schwer, als ich endlich im Erdgeschoss angekommen bin. Ich halte mich einen Moment am Treppengeländer fest. Vielleicht sollte ich mir doch eine andere Wohnung suchen, eine, die nicht so weit oben liegt, eine wie die von Kalli, der hier unten wohnt. Wie kann sich ein Mann in den Fünfzigern noch Kalli nennen lassen. Manche Leute werden nie erwachsen.

Wenn man vom Teufel spricht ... Er reißt die Haustür auf, poltert in den Flur. Er füllt ihn ganz aus mit seinen breiten Schultern und dem dicken Bauch. Alles an ihm tropft, die langen Haare, die Jeansjacke, die Brötchentüte und sogar der *Kurier*, den er unter den Arm gequetscht hat. Na prima, eine nasse Tageszeitung. Geht es mich was an? Nein, Kalli ist so.

»Guten Morgen, Frau Friese«, röhrt er und neigt sogar leicht seinen Kopf. Höflich ist er, muss man ihm lassen. »Was war denn bei Ihnen los? Polizeibesuch?«

Woher weiß er das denn nun? War der denn um sechs heute früh schon wach? Kann ich mir kaum vorstellen. Ist doch nie Licht bei dem, wenn ich morgens die Zeitung hole. Wohl eher *noch* wach, denke ich mit einem Blick in seine rot unterlaufenen Augen. Aber trotz seiner offensichtlichen Müdigkeit liegt etwas neugierig Forschendes in seinem Blick. Er beugt seinen massigen Zwei-Meter-Körper zu mir herunter und raunt verschwörerisch:

»Gestehen Sie, Sie haben einen Terroristen unterm Bett.«

»Zwei«, antworte ich ruhig in sein breites Grinsen.

»Frau Friese!«, tut er empört. »Unter oder im Bett?«, flüstert er.

»Im Schrank, Kalli, im Schrank. Da versteckt ihr Jungs euch doch.«

Kalli lacht, dass die Scheiben klirren.

Ich mag ihn nicht sonderlich. Aber ich fühle mich doch geschmeichelt, dass er mich so komisch findet. Doch jetzt wird er wieder ernst.

»Alles in Ordnung bei Ihnen? Sie sollten da oben nicht so alleine wohnen.«

»Wir können die Wohnungen ja tauschen, Kalli, dann wohne ich hier unten alleine. Sie sind ja noch jung.«

Ich erwärme mich für das Thema.

»Nein, Frau Friese, da oben kriege ich Höhenangst, und mein Gärtchen mag ich auch nicht aufgeben.«

»Aber der große Gärtner sind Sie ja nun nicht, Kalli. Da sieht es doch aus wie auf der Müllhalde.«

Oh, das ist mir so rausgerutscht, hätte ich nicht sagen sollen.

Schon rückt er ein Stück von mir ab und schiebt die Unterlippe vor. »Schmoll nicht, Kind«, kann ich mir gerade noch verkneifen, als ich in sein gerötetes Gesicht sehe.

»Oh, Entschuldigung, das geht mich ja nun nichts an. Nur, wenn ich so runtersehe, ein paar Blumen wären schon schöner als Ihre Bierkisten.«

Kalli wirft mir einen schrägen Blick zu. Gleich meckert er los, denke ich, aber nein, er antwortet ganz freundlich:

»Das kommt noch, Frau Friese, es ist gerade Februar. Im Frühjahr mache ich mich ran, versprochen. Jetzt habe ich zu viel zu tun.«

Demonstrativ schwenkt er den Wohnungsschlüssel und schiebt sich an mir vorbei. Ich habe den Eindruck, dass er noch etwas sagen will, aber er ruft nur über die Schulter: »Wiedersehn, Frau Friese, grüßen Sie Ihre Terroristen!«, und verschwindet in seiner Wohnung.

Kallis Wohnung, das wäre schön, träume ich, während ich versuche, Pfützen und Hundedreck auszuweichen. Ich könnte glatt im Slalom antreten, denke ich und muss albern kichern. Ich bin so kicherig heute früh, wie kann das nur sein, so schrecklich, wie der Tag begonnen hat. Ich schüttle heftig den Kopf, als könnte ich damit alles vertreiben. Sei vernünftig, Waltraud, es war ein Traum.

Ich sehe auf die große Uhr über Juwelier Hansens Laden. Zehn nach acht. Wann geht Kalli denn zur Arbeit? Was macht der eigentlich? Ich weiß wirklich herzlich wenig über Kalli, fällt mir auf. Dabei wohnt der doch schon ein paar Jahre hier. Von der Berger im Zweiten weiß ich genug, die quatscht einem ja ein Ohr ab, der Mann ist bei der Post, und sie sitzt halbtags im Mini-Shop an der Kasse, seit die Kinder aus dem Haus sind. Aber von Kalli erzählt die auch nie was. Komisch eigentlich, wo die doch immer alles weiß. Dass die Wohnung im ersten Stock wieder vermietet ist, das hat sie mir letzte Woche erzählt. Waren ja nette Leute vorher drin, ein Pärchen, aber als der Kleine kam, wurde es ihnen zu eng. Hoffentlich zieht da nicht so ein Schnösel ein, der immer laute Musik macht.

Ist mir bisher nie aufgefallen, dass ich so viele Nachbarn gar nicht richtig kenne. Da sehe ich den ganzen Tag auf die Straße, aber was weiß ich wirklich?

Nachdenklich schiebe ich meinen Einkaufswagen durch den Supermarkt.

Ach, Waltraud, was grübelst du? Willst dich doch nur ablenken von heut früh. Ich fürchte mich vor den Bildern, die sich immer wieder vor mein inneres Auge schieben wollen. Von dem Jungen und seinem Blick. Nur nicht dran denken.

Ich habe Angst. Wenn ich mir das alles nämlich nur eingebildet habe, dann stecken sie mich ins Heim. Dann kann ich mich gleich in die Kiste legen. Wenn aber …

»Darf ich mal vorbei?«, keift es da hinter mir. Ich schrecke hoch. Starre in Massen von debil grinsenden Babygesichtern.

Huch? Ach, Windeln. Was will ich denn mit Windeln? So schlimm steht es nun doch noch nicht mit mir. Kein Wunder, dass mir dabei nur »Heim« einfällt.

»Kann ich *bitte* mal durch?«

Schon spüre ich den Einkaufswagen im Rücken. Ja, ja doch. Hektisch rücke ich zur Seite. Schon saust die Furie vorbei, wirft mir einen giftigen Blick zu und murmelt etwas, was ich zum Glück nicht verstehe, aber ich kann es mir denken. Ihre blonden Haare, schlecht gefärbt, sehe ich sofort, wippen auf dem wunderschönen Pelzkragen ihres edlen Ledermantels. Eine teure Dame, denke ich. Oder ein teurer Ehemann, kann auch sein. Passt zum Hundefutter, das sie in ihrem Wagen hat, all diese kleinen Schälchen, die so sündhaft teuer sind. Dabei ist das der gleiche Mist, den man für achtzig Cent kriegt. Bestimmt hat sie auch einen teuren Hund, einen Pudel. Ach nein, Pudel sind nicht mehr modern. Sicher, seit sich rumgesprochen hat, dass die intelligent sind. Wer will schon einen Hund, der schlauer ist als man selbst? Vielleicht so einen Windhund, diese unterernährten Viecher. Na, da reicht ja so eine kleine Dose. Ich kichere wieder.

Irgendwas an ihr kommt mir bekannt vor, diese Frau habe ich schon mal gesehen, glaube ich, aber nie mit einem Hund.

»Kann ich mal an die Windeln, bitte?«

Oh, ich stehe wirklich im Weg, aber diese junge Frau lächelt wenigstens und sagt »Danke«, als ich weitergehe. Es gibt eben sone und solche.

Waltraud, pass auf, dass du nicht verbittert wirst, mahne ich mich, während ich langsam zur Kasse schiebe.

Unter dem Regendach am Eingang steht die blonde Furie im Gespräch mit einer anderen Frau. Ach nein, sooo eilig war es ja dann auch wieder nicht. Die Töle ist nicht dabei, kriegt sicher Schnupfen bei dem Wetter. Vielleicht hat sie ja so ein albernes Deckchen an. Würde *mein* Hund nie kriegen.

»Mein Hund«, ach, Waltraud.

Ich sehe die Frau mürrisch an, aber sie nimmt mich überhaupt nicht wahr, obwohl sie mehrmals in meine Richtung guckt. Ist doch älter, als ich gedacht habe. Ob die noch mal vierzig wird?

Schlecht gelaunt frage ich mich, was mich das eigentlich angeht. Wenn ich mir von jeder ungeduldigen Person die Laune verderben ließe, wann wäre ich denn dann mal fröhlich? Ja, wann, Waltraud? Wann warst du das zuletzt?

Was ist los mit mir? Was meckere ich denn heute dauernd an mir rum? So bin ich doch sonst nicht. Am liebsten würde ich die Tasche auf den Boden werfen und schreien wie eine zornige Dreijährige.

Es muss am Februar liegen, an diesem trüben Licht und dem Dauerregen. Ich kann mich nicht entscheiden, auf die Straße hinauszugehen. Wozu auch die Eile. Es wartet doch niemand auf mich.

Wenn es doch wenigstens trocken wäre, dann könnte ich ein bisschen spazieren gehen, würde meine Laune auch bessern. Wirklich? Angst macht auch mürrisch.

Schluss! Ich will das nicht denken.

Die Frauen ziehen meine Aufmerksamkeit auf sich. Die Furie wedelt ganz hektisch mit den Armen, ihre Stimme ist lauter geworden.

»Ich habe es ganz deutlich gesehen, Anne. Morgens um kurz nach fünf, das ist doch nicht normal. Ich war so fertig mit den Nerven, ich konnte nicht mal zur Arbeit, ich musste mich krankmelden. So habe ich gezittert. Ich frag dich, soll ich nun zur Polizei gehen damit? Ich bitte dich, sag doch was, was mache ich denn jetzt?«

Annes Antwort verstehe ich nicht, obwohl ich es mir nicht verkneifen kann, zuzuhören.

»Und wenn ich da in was verwickelt werde? Anne, ich kann mir das doch nicht leisten. Dann bin ich dran!«

Jetzt schreit sie fast, wirft die Arme hoch. Anne legt ihr die Hand auf den Arm. Die Furie schaut sich erschrocken um, sieht mich, und diesmal nimmt sie mich wahr. Einen Moment stutzt sie, vielleicht erinnert sie sich an unsere Begegnung. Ab sofort flüstern die beiden nur noch. Aber ich bin für sie keine Bedrohung, ihre hektischen Blicke streifen mich nur desinteressiert. Das kenne ich schon.

Wann geht das los, dass man Menschen, oder soll ich sagen, Frauen, nicht mehr wahrnimmt? Mit fünfzig? Mit sechzig? Ich glaube, das geht schleichend. Wann ist mir das zum ersten Mal aufgefallen? Ist schon ein paar Jahre her. Muss ich mal drüber nachdenken, wenn ich nicht schlafen kann.

»Das musst du schon alleine entscheiden, Susanne, du trägst ja auch die Folgen. Ich muss los, wirklich.«

Damit klappt diese Anne ihren Schirm auf und überquert mit schnellem Schritt die Straße. Furie Susanne sieht ihr mürrisch hinterher und dann in den grauen Himmel. Sie zieht etwas aus der Tasche, das Auto vor mir in der Parklücke blinkt und macht plopp. Ich fahre zusammen. Hexerei! Daran kann ich mich einfach nicht gewöhnen. Schon reißt die Frau die Autotür auf, verstaut ihre Einkaufstasche, schwingt sich hinters Steuer und fährt davon. Ein weißes, schickes Auto, passt zu ihr, ist auch eine teure Sorte.

Hoppla, aber den Wagen kenne ich doch! Der fährt doch jeden Morgen um kurz vor sechs an meinem Haus vorbei.

Die ist das also! Dann wohnt die doch ganz in der Nähe.

Ja, also, das ist ... Haben die etwa über den Jungen gesprochen eben?

Halt, Waltraud, jetzt geht dir wieder die Fantasie durch. Du weißt doch gar nicht, ob das Ganze nicht nur ein Traum war.

Ein Traum, ein Traum! Das war so wirklich wie die Pfütze vor meinen Füßen. Das dumme Geschwätz der Polizistin hat mich irritiert, sonst nichts. Die glaubt, weil meine Beine es nicht mehr so tun, bin ich dement. Ich denke doch nicht mit den Beinen.

Wütend stapfe ich in den Regen, zögere nach ein paar Schritten wieder. Wenn da nur nicht diese Kleinigkeit wäre, dass es eben keine Leiche gab. Und wer aus dem dritten Stock runterfällt, steht nicht auf und marschiert zum Frühstück. Vor allem, weil das ja bei diesen Altbauten hier eigentlich der Vierte ist mit dem Hochparterre immer. Das ist auch ein Fakt. Waltraud, wenn du dir so viel auf dein Köpfchen einbildest, musst du das nun einfach zugeben. Ja, ja doch.

Das muss doch rauszufinden sein, verflixt und zugenäht! Wie soll ich meinen Seelenfrieden wiederfinden, wenn ich nicht klären kann, ob ich spinne oder nicht?

Erstens, beschließe ich und trete voller Wucht in eine Pfütze, dass es spritzt. Wieder kichere ich.

Schluss mit den Kindereien. Erstens, Waltraud: Beobachte die Wohnung. Wenn der Junge noch lebt, wirst du ihn dort sehen. Der Junge. Wie heißt der eigentlich? Wenn der tot ist, dann steht er ja vielleicht in den nächsten Tagen im *Kurier*. Wenn schon nicht als gefallener Mann, dann doch unter den Todesanzeigen. Der hatte doch Freunde. War doch immer viel los bei dem.

Also zweitens: Ich sehe auf der Klingel nach, wie der Junge heißt, und lese weiter die Todesanzeigen. Die liest du doch sowieso. Gut. Der Gedanke belebt mich richtig, und so marschiere ich flott durch den Regen nach Hause, biege um die nächste Ecke. So, hier muss es sein. Ach ja, der Vorgarten, kann ich da einfach so reingehen? Ach was, warum nicht. Ich krame die Lesebrille aus der Tasche und stoße die kleine Pforte auf. Hoffentlich hat der nicht so einen Allerweltsnamen wie die blonde Furie. Susanne. Womöglich noch Müller. Arme Frau. Wieder muss ich kichern. Los, oberste Klingel. Auf einem schmierigen Zettel steht »Roman Lürßen«.

Hm, Lürßen, liebe Güte, so heißen sicher viele, aber Roman ist ja nun kein Allerweltsname. Befriedigt nicke ich und wende mich zum Gehen. Da quietschen Bremsen vor mir. Erschrocken, wie ertappt, sehe ich auf. Der weiße Wagen mit der Furie! Ich bleibe stocksteif stehen. Die Frau starrt mich an, blitzschnell gleitet ihr Blick an der Hauswand nach oben, schaut mich wieder an. Dann knallt sie den Rückwärtsgang rein, dass ich es krachen höre, und schießt zurück. He, beinahe schrammt sie ein parkendes Auto. Ich sehe ihr nach, während ich langsam zur Pforte gehe. Ich würde die Rente eines Monats darauf verwetten, dass sie mich beobachtet.

So weit also zu der Traumtheorie, Waltraud.

Nur zu gerne wüsste ich, wo die Frau wohnt. Weit kann das nicht sein. Ich habe den Wagen hier in der Straße schon öfter stehen sehen.

Tu was, Waltraud, steh hier nicht im Regen rum. Da fällt selbst eine Hundertjährige auf. Na und?

Niemand befiehlt mir, nach Hause zu gehen. Ich soll mich mehr bewegen, hat der Arzt mir geraten. Dann fange ich heute damit an und bummle ein wenig durch die Nachbarschaft. Hihi. Schön langsam.

Warum sie wohl so eilig zurückgesetzt hat? Da sehe ich sie einparken. Ein freier Parkplatz, na gut, das erklärt ihre Eile. Ha! Aber gleich muss sie aussteigen. Beschwingt gehe ich weiter. Ach, dumm, sie zögert zu lange. Schon habe ich sie erreicht, und nun bleibt mir nichts anderes übrig, als am Auto vorbeizugehen. Wenn ich jetzt stehen bleibe, kann ich sie gleich fragen, wo sie wohnt. Ich sehe ungeniert in den Wagen, aber sie ist intensiv mit ihrer Einkaufstüte beschäftigt. Ach, Mädchen, du spielst so schlecht Theater.

Was nun? Ich werde langsamer. Als ich die Autotür klappen höre, zwinge ich mich, mich in einen betonversiegelten Vorgarten zu vertiefen. Klack, klack, ihre Absätze klappern, und nun ist es still. He, pass doch auf, Waltraud!

Gerade noch sehe ich, wie sich die Haustür schließt. Mein Gott, die muss ja gerannt sein wie ein Olympiasprinter.

Nummer 72 also. Der Junge wohnt Nummer 76. Dann hat sie also was gesehen, und ich habe nicht geträumt. Ich bin erleichtert. Heim, du kannst noch eine Weile warten!

Aber dann bleibe ich abrupt stehen.

Und wenn das kein Unfall war?

Dann bin ich eine Zeugin, eine leider sehr auffällige noch dazu.

Dann wartet zwar nicht das Heim, dann wartet womöglich der Friedhof.

4

Plötzlich spüre ich, wie schwer die Einkaufstasche an mir zieht, wie mühsam ich das rechte Bein nachziehe. Weg ist der Schwung, der mich vom Mini-Shop fast automatisch hierher getragen hat.

»Und wenn ich da in was verwickelt werde? Dann bin ich dran!«, hat die Furie geschrien, Wenn *die* schon Angst hat, was soll ich dann sagen. So schnell ich kann, haste ich zurück in meine Wohnung. Als die Tür ins Schloss fällt, lehne ich mich dagegen und atme heftig. Die Kette! Da gibt es doch diese Kette, die man vorlegen kann. Hab ich noch nie benutzt, aber jetzt muss es sein. Mir zittern die Finger, das Metall klirrt. Ich stoppe mitten in der Bewegung.

Ist das nun richtig? Wenn ich umfalle wie Hans-Georg, kommt hier keiner rein, kann ich vergammeln hier oben. Quatsch, Waltraud, wenn du tot bist, kann dir das doch egal sein. Und jetzt hilft es vielleicht. Ich möchte nicht so gerne drei Stockwerke tief runterfallen.

Ich trage die Einkaufstasche in die Küche und vermeide dabei angestrengt, zum Fenster hinzusehen. Vorhänge brauche ich hier. Nicht nur diesen dünnen weißen Fummel. Aber ich wollte ja sparen. Hätte mehr gekostet, aber nun zahle ich mit meinen Nerven. Ich seufze. Ich halte es in der Küche nicht aus. Immer will ich zum Fenster sehen, und immer wieder verbiete ich es mir.

Schließlich koche ich mir einen frischen Kaffee und schmiere mir ein Brot, denn das Frühstück habe ich in der ganzen Aufregung glatt vergessen. Ich trage alles ins Wohnzimmer und setze mich in meinen Sessel am Fenster. Mein Magen knurrt, trotzdem muss ich mich zwingen zu essen. Allmählich komme ich zur Ruhe.

Mechanisch kaue ich und registriere ein paar Jugendliche auf der Straße, die von der Schule kommen, vereinzelte Autos und Radfahrer, aber ich bin nicht wirklich bei der Sache.

Bin ich denn nun wirklich bedroht? Oder bilde ich mir das ein, weil ich den ganzen Tag nichts anderes zu tun habe, als mir Geschichten auszudenken? Vielleicht hat sich die Furie einfach nur gewundert, was ich im Haus Nummer 76 mache. Die kennt mich doch mit Sicherheit auch vom Sehen und weiß, dass ich da nicht wohne. So, wie ich da gestanden habe, wäre selbst der dicke Hund neugierig geworden. Ich habe sie bestimmt genauso angestarrt wie sie mich.

Es ist ja wohl so, dass mich die Nachbarn genauso beobachten wie ich sie. Hab ich noch nie drüber nachgedacht, aber schließlich gucken die auch aus ihren Fenstern. Und tratschen tut schließlich nicht nur die Berger. Überhaupt, wer weiß, was *die* so über mich redet. Vielleicht hält mich nicht nur die olle Kellner für gelassen. Und jetzt kriegt die gelassene Person zu früher Stunde Polizeibesuch und rennt neugierig durch die Straßen, wo sie nicht hingehört.

Waltraud, Waltraud, bleib auf dem Teppich. Wenn du auffällst wie ein lila karierter Elefant, musst du dich nicht wundern, wenn man dich anglotzt. Und die Furie war ja ziemlich mit den Nerven fertig. Die hätte sich wahrscheinlich auch vor einer Maus erschreckt. So viel zu der Bedrohung.

Energisch hieve ich mich aus dem Sessel hoch, gehe in den Flur und löse die Kette wieder. Schluss, ich muss mich nicht einsperren. Knast von innen nenne ich das. So, nicht weich werden, weiter, in die Küche, Gardinen wegziehen und sieh dich um, Waltraud.

Da sind die Vorhänge zugezogen, das ist die Wohnung von dem Jungen, Roman, wer nennt denn sein Kind so? Egal, lenk dich nicht ab, Waltraud. Augen und Gehirnkasten auf:

Der Hof ist leer. Das kennst du. So. Das ist Haus Nummer 76. Zwei weiter nach rechts, das ist die Nummer 72 von hinten, da, wo die Birke im Garten steht. Warum die den Baum da lassen, verstehe ich nicht. Passt ja sonst nichts mehr rein in den Hof. Obwohl, schön ist er ja, vor allem im Frühjahr, wenn er gerade anfängt mit den … Stopp, Waltraud, bleib bei der Sache.

Nummer 72 wohnt die Furie. Nur wo? Sind ja auch drei Etagen. Doch jetzt erinnere ich mich, dass ich da manches Mal am frühen Morgen schon Licht gesehen habe. Fällt ja auf, wenn jemand vor sechs schon auf ist, wenigstens hier im Viertel. Das ist im ersten Stock, da wohnt die also. Klar.

Und jetzt?

Was sagt mir das? Wütend stampfe ich zurück ins Wohnzimmer. Was sagt mir das? Nichts. Zeit verplempern ist das, was sonst?

Am liebsten möchte ich heulen oder ganz laut schreien, wie vorhin vor dem Supermarkt. Als ich nach der Kaffeetasse greifen will, merke ich, dass meine Hände die Lehnen fest umkrallen. Die Nerven, die Nerven. Mach dich nicht fertig, Waltraud.

Ich müsste mal mit jemandem reden über diese merkwürdige Geschichte. Aber mit wem nur? Die Polizei nimmt mich nicht ernst, das kann ich mir schenken. Mit wem rede ich denn sonst?

Kalli? Ich weiß nicht, der ist mir fremd. Die Berger? Nein, da kann ich gleich im *Kurier* inserieren.

Ich träume mir Geschichten zu den Nachbarn zusammen, aber ich *rede* nicht mit denen. Ja, schon »Guten Tag« und so, aber richtig reden, nein. Ob es an mir liegt, dass ich so wenig Kontakt habe? Ob es gar nicht an meinem Alter oder den lahmen Beinen liegt?

Helga hatte immer einen ganzen Rattenschwanz an Freundinnen. Da musste ich ja einen Termin machen wie beim Arzt, wenn ich zu der mal auf einen Kaffee hinging. Hans-Georg wollte ja nicht, dass wer zu mir kam. Hab ich mir gefallen lassen. Ich wollte meine Ruhe haben, Hans-Georg konnte so gemein werden. Und als er tot war, war da keine mehr. Na gut, außer Helga, aber das ging dann auch zu Ende. Meine Schuld? Ach, wer weiß. Ist doch gar nichts gewesen, hat die sich doch nur eingebildet. Dumme Pute.

Damals waren ja alle zu zweit, alles immer nur Paare, hatten die Frauen auf einmal Angst, ich würde ihre Männer klauen. Liebe Güte, ich dachte, wir wären Freundinnen! Ja, so lernst du die Leute kennen. Und dann noch Rainer, ausgerechnet. Hielt sich immer für Casanova oder so, dabei war der nichts anderes als ein dummer Angeber mit Bierbauch. Eitel war der, glaubte, er wäre schön. Kann ich wirklich nicht verstehen, wieso Helga da so eifersüchtig wurde. Da bin ich dann nicht mehr viel rausgegangen. Vielleicht war das ja falsch.

Jetzt könnte ich jemanden brauchen.

5

Wie lange dauert es, bis jemand vermisst wird? Seit vier Tagen lese ich nun die Todesanzeigen, aber kein Roman Lürßen. Überhaupt kein Roman oder jemand aus der Celler Straße. Gesunde Menschen wohnen da, scheint es. Natürlich auch nichts über den Sturz aus dem Dritten. Das habe ich aber auch nicht wirklich erwartet. Vielleicht glauben Romans Freunde ja, der wäre im Urlaub. Ich meine, was denkt man denn, wenn einer nicht zu Hause ist? Bei älteren Leuten würde man vielleicht schon mal Schlimmes vermuten, aber bei so einem jungen Hüpfer ... Und gearbeitet hat er ja wohl nicht, vermisst ihn auch kein Chef oder Kollege. Die würden ja als Erste fragen, was mit dem ist. Aber eigentlich, wenn ich mir überlege, Helga wäre einfach nicht zu einem Treffpunkt gekommen, wäre ich doch nachdenklich geworden. Ja, und hätte Rainer angerufen. Aber seinetwegen passt der Vergleich auch nicht. Rainer hätte alle Hebel in Bewegung gesetzt, um seine Frau wiederzufinden. Vielleicht nicht weil er so vernarrt in sie war, aber der brauchte die doch. Ich glaube, die hat ihm sogar die Unterhosen gebügelt. Hihi.

Ob Roman eine richtige Freundin hatte, weiß ich ja nicht, waren immer eine Menge Mädels dabei, wenn da gefeiert wurde. Aber dass da eine öfter kam, kann ich nicht sagen, für mich sehen die jungen Frauen alle gleich aus, alle blondiert und ein Handy am Ohr. Die könnten alle unmaskiert eine Bank überfallen.

Gestern bin ich noch mal am Haus vorbeigegangen, konnte ich mir nicht verkneifen. Hier hintenraus ist ja immer noch der Vorhang vor, da hat sich nichts geändert. Ich habe unauffällig nach oben geguckt, ob da vielleicht was zu sehen war, Licht oder so, aber da war alles dunkel. Kann ja viel bedeuten. Den Blonden hab ich auch nicht wiedergesehen.

Nur Susanne fuhr gestern Morgen unten vorbei, kurz vor sechs, wie immer.

Oha, was kommt da denn für ein Riesenlaster! Wollen die hierher?

Ach, ist das endlich der Umzugswagen?

Oh ja! Das sind sicher die Leute, die in den ersten Stock einziehen, hat die Berger am Donnerstag erzählt. Woher die schon wieder wusste, dass die heute einziehen? Ich glaube manchmal, die ist eine Agentin und hat überall Abhörwanzen. Oder die sieht das alles in einer Glaskugel. Könnte die doch glatt professionell machen, würde sie mehr verdienen als im Mini-Shop an der Kasse. Hihi. Sollte ich ihr mal vorschlagen.

Obwohl, mehr wusste die auch nicht. Hat sie tüchtig gewurmt, hab ich gemerkt und immer noch einen draufgesetzt:

»Woher kommen die Leute denn, Frau Berger?«

Wie hat sie sich gewunden!

»Ja, so genau, äh … also …« Der Satz »Weiß ich nicht« existiert nicht in Frau Bergers Wortschatz.

Und dann hatte sie es plötzlich ganz eilig und ist in ihre Wohnung gesaust. Ich wette, die weiß gar nichts.

He, das wird spannend. Wie die mit solchen Wagen in die kleinen Parklücken kommen, das bewundere ich ja. Vor allem in dieser engen Straße, wo immer irgendein Döskopp falsch parkt. Ich bin ja schon lange nicht mehr Auto gefahren und wenn, dann immer nur kleine Wagen. Aber würde mich mal reizen, in so einem Brummer oben drin zu sitzen. Ist vielleicht ein bisschen so, wie im dritten Stock zu wohnen, man guckt auf alle andern runter.

Aus Hamburg kommt der, schau an. Was die wohl für Sachen haben? Kann man ja viel dran erkennen. Bei Möbeln weiß ich Bescheid, habe schließlich lange genug in einem Möbelhaus gearbeitet.

Nein, junge Leute sind das nicht, die machen doch meistens ihre Umzüge im Freundeskreis. Aber diese Kerls da unten, die sehen sehr nach gelernten Möbelpackern aus. Steht ja auch am Wagen.

Meine Güte, können die schleppen, da, guck nur, diese Waschmaschine, die sind doch immer das Schlimmste. Oder Klaviere, aber wer hat heutzutage noch ein Klavier? Muss ja alles zum Glück nur in den ersten Stock.

Ich weiß noch, wie die bei mir geflucht haben, als sie in den Dritten mussten, und hier alles so eng, kamen ja kaum mit dem Bett um die Kurve vom Flur. Und geregnet hat es damals, furchtbar, was hat das alles für einen Dreck gemacht, tagelang hat mir noch der Rücken wehgetan vom vielen Bücken und Wischen. Nein, da gucke ich lieber zu.

He, da steht ja auch die neue Mieterin, muss sie ja wohl sein. Na, mittleres Alter schon, sieht sportlich aus mit den kurzen dunklen Locken. Viel kann ich nicht sehen, schon ist sie im Haus verschwunden. Gibt drin sicher eine Menge anzuweisen.

So richtig viele große Möbel sind das gar nicht. Scheint einen eigenwilligen Geschmack zu haben, diese neue Nachbarin. Und Geld. Billig ist da nichts, was die da ausladen.

Ob noch viel kommt? Nein, das war es, da lehnen die Packer am Auto, haben noch Puste zum Lachen. Irgendwie spannend, so ein Umzug. Und positiver als eine verschwundene Leiche.

6

»Aah!«

Der Junge schreit mit weit aufgerissenem Mund. Aber ich höre keinen Ton, sehe nur den schreckensstarren Blick. Und er fällt!

Ich fahre hoch. Schweißgebadet sitze ich im Bett. Mein Herz rast, will mir zum Hals rausspringen. Ich kralle mich an der Bettdecke fest. Ganz langsam beruhigt sich mein Atem. Furchtbar, dieses Gesicht! Als ob er um Hilfe ruft, mich anfleht, etwas zu tun. Ach, Junge.

Ich will das nicht träumen. Ich schlafe doch so schon schlecht genug. Gestern Abend hatte ich richtig Angst, ins Bett zu gehen. Jede Nacht fällt er. Jede Nacht. Nicht immer so entsetzlich wie heute. Manchmal schlafe ich schnell wieder ein, aber das eben war besonders schlimm.

Mein Mund ist ganz trocken, ich kann kaum schlucken. Trink ein Glas Wasser, Waltraud, das hilft.

Müde schwinge ich die Beine aus dem Bett, taste im Dunkeln nach den Pantoffeln. Soll ich Licht machen? Ach nein, dann bin ich ganz wach. Geht auch so. Brr, kalt im Zimmer. Wie spät ist es denn? Ich kann die Wohnzimmeruhr gerade so erkennen, fünf ist es. Hab ich ja richtig lange geschlafen. Gestern war es halb fünf, als er fiel. Noch immer schüttelt mich das Entsetzen, als ich in die Küche tappe. Ein Glas warmes Wasser tut mir gut, jahrelange Erfahrung.

Eine Lichtbahn erhellt die Küche. Praktisch, aber ich hätte das Glas auch im Dunkeln …

Licht?

Schockartig begreife ich, dass das Licht aus der Wohnung gegenüber kommt. Ich starre hinüber. Die Vorhänge sind zur Seite geschoben. Ein Mensch sitzt mit dem Rücken zum Fenster, ein blond gelockter Mensch. Roman war nicht blond.

Ist das … mein Gott, ist das etwa der böse Engel?

Unwillkürlich trete ich aus der Lichtbahn ins Dunkel der Küche. Nur nicht gesehen werden! Oh, gerade rechtzeitig. Der Mensch steht auf. Aber er dreht sich nicht um, er verlässt das Zimmer und löscht das Licht.

Ich stehe da, gegen den Schrank gelehnt. Klack, klack. Was klappert denn da? Oh, meine Zähne schlagen aufeinander. Die Angst trifft mich wieder wie mit einer Keule. Ich höre mich wimmern wie ein Baby.

Hör doch auf, Waltraud!

Aber ich kann es nicht lassen. Schließlich schiebe ich mir die Faust in den Mund. Ich weiß nicht, wie lange ich so stehe. Die Kälte kriecht meine nackten Beine hoch und weckt mich aus der Erstarrung.

Faust aus dem Mund, ausatmen, einatmen, ausatmen. Ich fülle ein Glas mit Wasser. Mit beiden Händen führe ich es zum Mund, so sehr zittern meine Finger. Ein Schluck, iih, kalt, egal, noch einer. Puh, wie ein Faden zieht sich die Kälte bis in meinen Bauch. Weckt mich endgültig.

Schlaf kann ich für heute vergessen, also Kaffee.

Die gewohnten Handgriffe helfen mir ein wenig über den Schreck hinweg. Trotzdem verschütte ich fast das Kaffeepulver. Aber Licht zu machen, das traue ich mich nicht. Vorhänge, Waltraud, du wolltest Vorhänge kaufen.

Während die Maschine langsam arbeitet, ziehe ich mir die kuschelige Jogginghose an, für die Heizung ist es mir noch zu früh.

Wieder sitze ich in meinem Sessel und grüble. Was hat das alles zu bedeuten? Ist Roman denn doch zurück? Man liest ja von solchen Fällen, wo sich einer bei so einem Sturz fast nichts holt. Vielleicht hat er sich ja nur was gebrochen und ist jetzt wieder da. *Möglich* wäre es ja. Aber der Mensch dort war nicht Roman. War es der böse Engel? Ich bin mir nicht sicher. Kann auch sein, dass der Junge endlich vermisst wird und jemand nach seinen Sachen sieht.

Klar, Waltraud, morgens um fünf.

Eine Bewegung auf der Straße holt mich aus meinen Gedanken.

Da, aber das ist doch wieder dieser gelbe dicke Hund.

He, den habe ich ja ganz vergessen. Jetzt schnuppert er bei Kellners und hebt sein Bein. Ha, wenn die das wüsste! Und jetzt, nein, das glaubt mir keiner, jetzt guckt er hoch zu mir. Wedelt mit dem Schwanz. Ich schwöre es, er sieht mich an und wedelt, sagt mir »Guten Morgen«.

»Hallo, Hund«, flüstere ich gerührt.

Aber schon läuft er weiter, biegt um die Straßenecke wie beim letzten Mal. Wo der wohl hingehört, den habe ich hier ja noch nie gesehen, bis auf das eine Mal, damals, als es so geregnet hat. Das war, wann war das noch? Das war ... mir stockt der Atem, das war an dem Tag, als Roman aus dem Fenster fiel. Kein Wunder, dass ich den vergessen habe. Ich schüttle den Kopf.

Meine Gefühle fahren Achterbahn. Erst dieser furchtbare Schock, und jetzt freue ich mich, weil ein *Hund* mich grüßt. So weit ist es mit mir gekommen. Ach ja, wäre schön, wenn ich einen Hund hätte. Würde immer jemand auf mich warten. Müsste ich nicht immer nur mit mir reden, sondern mit wem anders. Und wenn es nur ein Hund ist. Die verstehen Menschen ganz gut, die sind nicht dumm. Dann hätte es wieder einen Sinn, morgens aufzustehen. Warum ich das jetzt mache, weiß ich doch eigentlich nicht. Aus Gewohnheit und weil ich irgendwann zum Klo muss. So einfach ist das. Was hat denn mein Leben für einen Sinn? Bin doch zu nichts mehr nütze. Die paar Euro, die ich ausgebe, die sind ja nicht mal für den Mini-Shop wichtig. Mit einem Hund wäre das ganz anders. Hätte ich wen, um mich zu kümmern. Trübe Gedanken, Waltraud. Wintergedanken.

Wird bald Frühling, Waltraud. Vergiss nicht, gestern hast du fast eine halbe Stunde im Treppenhaus mit der neuen Mieterin geredet. Frau Groote. Das war wegen der Kartoffeln, die sind ja so schwer. Ich musste mich im ersten Stock erst mal ans Treppengeländer lehnen und verschnaufen, gerade als sie rauskam.

»Ist Ihnen nicht gut?«, hat sie gleich gefragt.

»Nee, nee, nur ein bisschen kurzatmig heute.«

War mir ja etwas peinlich, dass ich da direkt vor ihrer Tür stand.

»Ich wollte nicht bei Ihnen rumspionieren«, hab ich deswegen nachgeschoben, vielleicht hörte sich das dumm an. Die Groote hat jedenfalls herzlich gelacht.

»Kommen Sie nur und spionieren Sie, vielleicht finden *Sie* ja meinen Dosenöffner!«

Wird also vielleicht doch ein nettes Frühjahr mit so einer fröhlichen Person im Haus.

Ich sehe auf die Straße, der Alte, der den *Kurier* bringt, schiebt seinen Handwagen vorbei. Schön, kann ich mir gleich die Zeitung holen, hab ich was zu lesen.

Susanne braust mit ihrem dicken Schlitten vorbei. Hat die es aber eilig! Ist es denn schon so spät? Nein, gar nicht, erst zwanzig vor. Wo will die denn schon hin?

Egal. Was geht es mich an.

Und wenn ich einfach sitzen bleibe und nichts mehr tue, gar nichts? Ach Waltraud, das geht nicht, der Kaffee treibt, du musst zum Klo.

Es hilft nichts, ich muss lachen. Verrückte Frau, schimpfe ich mich und stehe langsam auf.

Da schiebt sich ein Gedanke in meinen Sinn: Wenn mein Leben so sinnlos ist, warum hab ich dann so eine Angst vor dem bösen Engel?

Ach ja, es ist eben doch nicht so einfach.

7

Richtig warm ist es heute, verrückter Winter. Ich mag nicht in der Wohnung bleiben, will raus in die Nachmittagssonne. Vielleicht sollte ich in ein Café gehen und mir was gönnen, so arm bin ich doch auch nicht, muss mal mehr unter Leute, um die trüben Gedanken zu vertreiben. Ich war ja richtig melancholisch heute früh. Depressiv würde Helga das nennen. Die mit ihren Psycho-Ratgebern. Hat es sie glücklicher gemacht? Für alles hatte die eine Schublade. Na gut, dann war ich eben depressiv. Wäre die auch, wenn sie so leben würde wie ich. Aber wer zwingt mich eigentlich, so zu leben?

Ich steige langsam die Treppe hinunter.

Nanu, wieso steht denn bei Grootes ein Stuhl vor der Tür? Ein Klappstuhl mit einem Zettel dran.

»Zwischenstopp für Frau Friese«.

Ein Stuhl für mich! Das ist ... das ist ...

Ich schlucke heftig, fahre mit der Hand über die Rückenlehne, lese den Zettel noch mal. Ein Stuhl extra für mich.

Das muss ich jetzt einfach mal ausprobieren. Ich setze mich ganz vorsichtig hin. Das Treppenhaus ist kalt und unfreundlich, aber ich genieße es, hier zu sitzen.

Wie lieb von Frau Groote! Die kennt mich doch kaum und stellt mir einfach was zum Verschnaufen hin. Hatte den Stuhl sicher übrig, aber trotzdem. Wäre die Berger doch in zwanzig Jahren nicht drauf gekommen. Oder der Kalli.

Kenn ich ja nicht, dass mich jemand verwöhnt. Hans-Georg hat immer nur gefordert. Mach das, tu dies, wieso ist das Essen noch nicht fertig. Nur an unserm Hochzeitstag im April kam er mit einem Blumenstrauß. Den hätte er sich auch sparen können. Obwohl, war ja nicht teuer, hat ja immer Tulpen gekauft, immer diese Sträuße im Sonderangebot. Knickeriger Kerl. Was hatte ich eigentlich von dem?

Stimmt schon, der Rainer war aufmerksamer, immer einen galanten Spruch. Klar, ich wusste, dass das nur Gerede war. Gehört doch zum Geschäft als Immobilienmakler dazu. Aber hört eine Frau doch gerne, mal was Nettes zur Frisur oder zum Kleid.

Ach, guck, Frau Groote hat ein Plakat an die Tür geklebt. Sicher damit man nicht reingucken kann. Ist doch Milchglas, na ja, manche sind eigen. Schöner Baum, doch. Was steht da drunter?

»Die Vergangenheit können wir nicht ändern, ändern wir die Zukunft.«

Hä?

Die hat gut reden, die ist jung, der kann noch viel passieren. Für mich gilt das ja nicht mehr. Was hab ich denn noch von der Zukunft?

Das bringt mich jetzt aber doch ins Grübeln. Mutti ist über neunzig geworden, der schlag ich nach. Hätte ich noch etwa siebzehn Jahre. Mit etwas Glück natürlich. Siebzehn Jahre. Denk das mal zurück, Waltraud, da lebte Hans-Georg noch. Seitdem habe ich rumgesessen und ab und zu gelesen, schießt es mir durch den Kopf.

Na, langsam, Waltraud, so kannst du das aber nicht sagen.

So, wie denn? Ich habe nur rumgesessen.

Lesen ist gut.

Schon, Waltraud, aber nicht als Ersatz für Leben.

Ich knete meine Hände. Und schäme mich auf einmal. Richtig rot werde ich. Wie gut, dass mich hier niemand sieht.

Waltraud, was hast du gemacht mit deinem Leben? Der Junge, der Roman, was würde der geben, hätte der noch siebzehn Jahre. Ist dein Leben. Das kannst du doch nicht einfach so geschehen lassen.

Warum hab ich mich nur so rumschubsen lassen? Erst von Hans-Georg, dann von Helga? Warum habe ich mich eigentlich nie gewehrt? Um meine Ruhe zu haben? Kann man auch zu viel von haben, Totenruhe wird das langsam.

Kannst du doch ändern, Waltraud. Guck hin, da steht es.

Ändern? Eine alte Kuh wie mich? Lohnt sich das denn noch?

He, komm, siebzehn Jahre.

Weißt du ja gar nicht. Könnte morgen rum sein.

Ja und, dann erst recht, verdammt.

Immerhin bin ich bis zum Herbst doch noch täglich Fahrrad gefahren. Blöder Sturz. Ich hätte gleich wieder fahren sollen, als es besser ging mit dem Bein, aber dann kam der Winter – kann ja immer plötzlich glatt sein. Je länger ich es rausgezögert habe, umso mehr Angst hatte ich davor. Ich glaube, in den paar Monaten bin ich Jahre älter geworden. Ich schüttle den Kopf.

Ob ich jetzt einfach mal eine Runde um den Block fahre?

Geht das denn noch? Ich bin doch aus der Übung, und mein Bein ist immer noch nicht ganz in Ordnung, ich sollte besser bis zum Sommer warten.

Fang nicht wieder so an. Radfahren verlernt man nicht. Die Sonne scheint. Tu endlich was, Waltraud. Das Fahrrad steht in der Garage, der Schlüssel ist am Bund. Was hindert mich? Energisch stehe ich wieder auf. Ich muss mich selbst überlisten, ich kenne mich. Wenn ich zu lange zögere, kommen wieder diese ganzen ängstlichen Gedanken.

Ich kichere wie ein kleines Mädchen, als ich das verstaubte Rad aus der Garage schiebe. Alles noch dran, na bitte. Ein bisschen zittrig rolle ich die ersten Meter, aber dann gewöhnt sich mein Körper wieder an die Bewegung. Wusste ich doch, das verlernt man nicht.

He, das macht Spaß!

Ich atme ganz tief, möchte laut lachen. So gut habe ich mich ja schon ewig nicht mehr gefühlt. Und ist lange nicht so mühsam wie zu Fuß gehen. Wo fahre ich denn mal hin? Ich bleibe lieber in den Seitenstraßen, so sicher fühle ich mich doch noch nicht.

Ha, ich weiß, ich fahre jetzt ins Panini, da kann man schön sitzen, da trinke ich einen Kaffee und esse diese unglaublich leckere Sahnetorte, die einem jeder Arzt verbietet. Bin ich ja früher auch immer mit Helga und den anderen hingegangen. Da war ich ja ewig nicht mehr. Die haben mir das ja richtig verleidet damals.

Ja! Das mache ich!

Als ob ich was zu feiern hätte. Was feiere ich denn mal? Meine letzten zwölf einsamen Geburtstage, Weihnachten und Neujahre? Nein, das ist vorbei, ich feiere meinen Ausstieg aus der Gruft, ich feiere, dass ich nicht aus dem dritten Stock gefallen bin und am Leben bin. So einfach ist das.

Und nun ins Panini oder wie das heute auch heißen mag.

Weit ist es nicht, und das ist ganz gut so, denn als ich absteige, tut mir der Hintern weh. Aber das Hochgefühl bleibt, und ich humple nicht mal, als ich durch die Stuhlreihen gehe. Am Fenster möchte ich sitzen, da kann man auf den kleinen Park gucken. Da haben wir auch immer mittwochs nachmittags gesessen damals.

Ich sehe mich um. Hat sich nicht viel verändert hier. Da ist ja noch ein Tisch frei. Lächelnd plumpse ich auf das feine Polster. Bequem für den leicht ramponierten Po. Ich schaue auf den grauen Park, blüht ja fast noch nichts, nur ein paar Krokusse, aber in der milden Vorfrühlingssonne sieht auch das Grau angenehm aus.

Waltraud, was ist in dich gefahren?, frage ich mich erstaunt. Ich fühle mich wie aus einem tiefen Schlaf erwacht. Endlich tue ich etwas, ich warte nicht mehr. Ich weiß, dass das mit dem armen Roman zu tun hat, aber so ganz verstehe ich es nicht. Verstohlen sehe ich mich nach den anderen Gästen um, während ich die Sahnetorte genieße. Viele junge Leute, meistens zu mehreren, aber da sitzt auch eine Frau alleine und liest ein Buch, und der ältere Herr blättert in der Zeitung. Zwei alte Frauen müssen hinter mir sitzen, ich höre ihre Stimmen, aber ich mag mich nicht nach ihnen umdrehen. Hier kann ich öfter mal hingehen, denke ich, muss ja nicht immer die Sahnetorte sein. Warum nicht?, beschwert sich da was in mir. Ganz schön aufmüpfig heute, Waltraud.

Wenn Helga jetzt hier reinkäme, was würdest du tun? Oha, das weiß ich wirklich nicht. Ob die immer noch glaubt, dass ich was hatte mit ihrem Rainer? Wie hat die mich angeschrien, meine Güte. Ich bin ja aus allen Wolken gefallen. Ich und Rainer! Wie ist die nur darauf gekommen? Weil ich mich mit ihm im Büro getroffen habe. Da war ich doch nur, weil der mir geholfen hat, das Haus zu verkaufen. War doch klar, dass ich ihn zuerst gefragt habe, wenn man schon mal einen Makler kennt. Soll sie einen Pfarrer heiraten, wenn sie solche Angst hat. Ich verstehe das bis heute nicht.

He, ist das nicht diese Anne, die da mit dem grauhaarigen Mann an der Theke steht und bestellt? Automatisch sehe ich mich nach Susanne um, aber die beiden sind alleine. Jetzt kommen sie mit suchendem Blick auf mich zu. Wollen die sich etwa an meinen Tisch setzen? Na, warum eigentlich nicht, es ist ja alles besetzt. Beste Kaffeezeit eben. Als sie näher kommen, sehe ich, dass die Frau – ja, das ist Anne – ganz verheult aussieht. Der Mann hat ihr den Arm um die Schultern gelegt und lotst sie an meinem Tisch vorbei. Sie setzen sich hinter mich. Sind die beiden Frauen schon gegangen? Habe ich gar nicht mitgekriegt. Ist mir recht so. Ich bin zu gut gelaunt für eine Heulsuse am Tisch. Aber hören kann ich doch jedes Wort.

»Anne, ich weiß, ich wiederhole mich, aber du konntest nichts machen. Weißt du, wenn jemand wirklich nicht mehr will ...«

Anne schluchzt.

»Dass du das so vernünftig angehen kannst, Bernd. Trifft es dich denn nicht?«

»Natürlich bin ich schockiert, auch wenn unser Verhältnis nicht so eng war, wie du offensichtlich vermutest. Es macht sie auch nicht wieder lebendig, wenn ich jetzt meinen Kopf verliere. Aber ja doch, es kam schon unvermittelt. Als ich sie zuletzt gesehen habe, machte sie keinen ungewöhnlich unsicheren Eindruck.«

»Wir haben doch vorgestern noch telefoniert. Sie war nervös, ja. Vielleicht auch ängstlich, das schon, aber doch nicht *so*.«

Ich trinke meinen letzten Schluck Kaffee. Das will ich mir nicht anhören.

»Sie ... sie hat sich bedroht gefühlt, Bernd. Weißt du denn nichts davon?«

»Bedroht? Nein, das ist mir neu. Merkwürdig, ich dachte, ich als ihr Anwalt ... na ja, man guckt in die Menschen nicht rein.«

Er klingt ein bisschen beleidigt.

»Letzte Woche hat sie mir so eine absurde Geschichte erzählt. Sie war ganz aufgelöst. Ich habe sie nicht ernst genommen, Bernd.«

Anne heult jetzt.

»Nun, nun, Anne. Sie *hat* aber auch immer die merkwürdigsten Sachen erzählt, kein Mensch hat ihr noch richtig zugehört.«

»Aber wenn es kein Unfall war, wenn es nun stimmt, dass jemand sie ...«

»Anne, du bist durcheinander, das verstehe ich, glaub mir. Aber die Polizei hat mir den Unfallbericht gezeigt. Sie hat nicht gebremst, das ist eindeutig. Sie fuhr mit Tempo hundertsechzig ungebremst gegen einen Brückenpfeiler. Sie hatte einen Abschiedsbrief im Handschuhfach. Ich weiß, es ist schwer zu verstehen, aber wie gesagt, wir gucken nicht in die Menschen rein. Und sie war, nun, ich sage es mal so, sie war nicht die stabilste Person.«

»Ich weiß, aber …

»Anne, du bist dafür nicht verantwortlich.«

Anne schluchzt und schnäuzt sich.

»Wir hätten hier nicht herkommen sollen«, seufzt dieser Bernd.

Da hat er recht. Ist nicht gerade das angenehmste Kaffeekränzchenthema. Ich winke erneut der Bedienung. Ich will zahlen und raus hier. Eine Selbstmordgeschichte ist nun wirklich nicht das, was ich brauche, heute, wo ich mich wie wiedergeboren fühle.

8

Nanu, ausgerechnet heute ist die Zeitung zu spät, bin ich umsonst drei Stockwerke runter. Ich will doch gleich aus dem Haus. Ich unternehme etwas! Ich mache eine Butterfahrt an die Nordsee. Ach, nein, die heißen heute anders, egal, ist doch das Gleiche. War ja dieser Werbezettel im Briefkasten vor Kurzem. Kostet nur acht Euro mit Mittagessen und Kaffee und Kuchen. Acht Euro! Hab ich ja noch nie mitgemacht, ich dachte immer, das ist was für einsame Alte und für Dummköpfe, die sich übern Tisch ziehen lassen, nicht für mich. Es gab eine Zeit, da hätte ich mich geschämt, bei so was gesehen zu werden. Aber es zwingt mich ja keiner, etwas zu kaufen. Ich will nur unter Leute, und an die Nordsee fahre ich gerne. Kaufen können die andern. Ich nehme gar nicht viel Geld mit, da kann mir nichts passieren. Hihi.

Sieht nicht nach Regen aus. Schön. Lese ich die Zeitung eben heute Abend, wird ja nichts draus verschwinden bis dahin.

Am Bahnhof stehen sicher um die zwanzig Menschen, fast alles ältere Frauen, auch ein paar junge Leute dazwischen, die sind albern, genieren sich wahrscheinlich, so, wie ich das auch mal getan hätte. Müssen ja nicht mitfahren. Die meisten sind zu mehreren, aber ein paar Frauen stehen zum Glück auch alleine da, kriege ich nicht wieder das Gefühl, das fünfte Rad am Wagen zu sein.

Ein Schönling bugsiert uns in den Bus. Neben mir sitzt eine von den Alleinreisenden. Wir stellen uns höflich vor.

Frau Schumacher ist etwa in meinem Alter, hat ganz weiße Haare, sieht aber fit aus.

»Mallorca ist es ja nicht«, lacht sie. Dabei sieht sie in ihrem schicken Ledermantel ganz so aus, als könne sie sich problemlos Mallorca leisten, auch mehrmals im Jahr.

»Aber besser als der Blick aus dem Wohnzimmerfenster. Ich bin verwitwet, wissen Sie, und da fällt mir doch immer mal die Decke auf den Kopf.«

Sie sieht mich wissend an, vor der brauche ich nicht anzugeben mit meinem angeblich großen Freundeskreis.

Wie leicht das ist, mit dieser Frau zu reden. Nicht dass wir jetzt dauernd jammern würden, ganz und gar nicht. Wir plaudern über Gott und die Welt. Als sie hört, wo ich wohne, ruft sie:

»Oh, wirklich? Ich bin dort groß geworden. In der Celler Straße. Jetzt wohne ich allerdings schon seit Jahren in Walle.«

Schon tischt sie mir munter allerlei Anekdoten aus meinem Viertel auf. Manche Leute wohnen immer noch dort, und es macht Spaß, über sie zu reden. Sie erzählt von ihren Kindern und Enkeln, die auch schon erwachsen sind, ihre eigenen Wege gehen.

»Ich will mich da nicht aufdrängen. Meine Tochter wohnt ja im Saarland. Da komme ich so leicht nicht hin. Die drei Enkel sind überall verteilt. Und solange keine Urenkel da sind, bin ich nicht sehr gefragt. Aber ich sag's Ihnen, Frau Friese, wenn ich erst mal Uroma bin, dann rennen die mir die Bude ein. Das war genauso, als meine Tochter ihren ersten Jungen bekam.«

Sie lacht dabei, ist eine fröhliche Natur, scheint mir.

Ich lache so viel, wusste gar nicht mehr, wie schön das ist, so in Gesellschaft. Auch die Heines, das Paar auf der andern Seite vom Gang, sind gut gelaunt.

Waltraud, warum machst du so was nicht öfter?

Nach dem Mittagessen werde ich müde, mir fehlt mein gewohnter Mittagsschlaf. Aber nun sollen wir ja einkaufen, was wirbeln die da vorne auf dem Podium rum, liebe Güte. Ich will nichts kaufen, ich will schlafen. Geht nicht gut auf diesem Stuhl. Frau Schumacher gähnt auch höflich hinter ihrer Hand.

»Jetzt weiß ich, warum die diese sogenannten Rheumadecken verkaufen«, raunt sie mir zu. »Weil wir Alten alle Schlaf brauchen, und eine Decke wäre da sehr willkommen.«

»Sie wollen doch wohl nicht ...«

»Nein, nein, ich bin ja nicht blöde, bei den Preisen. Meine Tochter bringt mich um, wenn ich so was mache. Die behauptet immer, ich könnte nicht mit Geld umgehen. Manchmal glaube ich, die hat nur Angst um ihr Erbe.«

»Die sollen sich selbst was zusammensparen, haben wir ja auch gemacht. Wer hat uns was geschenkt nach dem Krieg?«, ereifert sich Herr Heine. »Wir geben unser Geld aus. Wer weiß, wie lange wir's noch können.«

Sie haben zwei Decken und zwei Kopfkissen gekauft. Sündhaft teuer. Von dem Geld könnte ich einen halben Monat leben, aber vielleicht haben die ja eine bessere Rente. Ist ja nicht mein Geld. Frau Schumacher blinzelt mir zu und fragt:

»Frau Friese, was halten Sie davon, wenn wir ein paar Schritte spazieren gehen, der Strand ist doch gleich hier um die Ecke. Wir sind doch nicht ans Meer gefahren, um nur aus dem Bus rauszugucken.«

»Glauben Sie, man lässt uns?«

»Wie bitte? Wir sind doch nicht inhaftiert!«

Als wir aufstehen, ruft uns der sogenannte Reiseleiter übers Mikrofon zu: »Aber, meine Damen, wir sind doch noch nicht zum Aufbruch bereit, haben Sie denn schon unser hervorragendes Decken-Angebot geprüft?«

Alle sehen uns an, ist mir richtig unangenehm, aber der Schumacher scheint das nichts auszumachen.

»Wir müssen mal für kleine Mädchen«, ruft sie ungeniert. »Das soll ja nicht in Ihre hervorragenden Decken gehen, nicht wahr?«

Alle im Saal lachen, und ehe der Schnösel noch etwas sagen kann, sind wir draußen.

»Oh, die frische Luft tut gut.« Ich atme tief ein und knöpfe schnell meine warme Jacke zu. Heftig bläst der Wind uns entgegen. Eine schicke Frisur wäre hier schnell zum Teufel.

»Wollen wir hier oben an der Strandpromenade bleiben? Oder möchten Sie durch den Sand ans Wasser?«

»Mir reicht das hier oben, Frau Schumacher, ich bin nicht so sehr gut auf den Beinen.«

Gemeinsam marschieren wir dem böigen Wind entgegen. Das Meer rauscht beruhigend, ein paar Möwen kreischen, unten am Strand lassen ein paar Jungen einen Drachen fliegen, der laut knatternd mal hochsteigt, mal flach über den Sand zieht. Muss ganz schön Kraft kosten, den zu halten. Eine Weile sehen wir den Kunststücken zu. Diese modernen Dinger haben ja nichts mehr zu tun mit den Drachen, die wir als Kinder gebaut haben.

Wir gehen langsam weiter. Viel reden können wir nicht, der Wind pustet einem das Wort vom Mund weg. Ist auch nicht nötig, es ist einfach gut, hier zu zweit entlangzugehen.

Als wir umkehren, lassen wir uns vorwärtsblasen, ich fühle mich hellwach. Inzwischen sind mehr Leute am Strand, ein paar Hunde jagen sich.

»Ich hätte ja gerne einen Hund«, gestehe ich Frau Schumacher.

»Ich hatte lange einen«, nickt sie. »Aber als der starb, mochte ich keinen neuen, ich war so an Bobby gewöhnt.«

Schweigend gehen wir ein Stück.

»Wissen Sie, Frau Friese, ich denke, mit Hunden komme ich besser zurecht als mit den Menschen. Selbst zu meinen Kindern und Enkeln habe ich wenig Kontakt. Für die bin ich doch nur die komische Omi Schu. Ich frage mich manchmal, was ich eigentlich falsch gemacht habe bei der Erziehung. Kaum erwachsen, waren sie alle so schnell aus dem Haus. Und so weit weg. Sie rufen mal an, das schon, aber ich habe dabei immer das Gefühl, für die ist das lediglich eine Pflichterfüllung. Meine Enkelin Tine ist vor Kurzem nach Hamburg gezogen, aber ich war noch nie da. Einer meiner Enkel lebt sogar in Bremen. Darf ich Ihnen etwas gestehen?«

Jetzt flüstert sie:

»Ich mag diesen Jungen nicht. Ich bitte Sie, Frau Friese, darf ich das, meinen Enkelsohn nicht mögen?«

Ihre Fröhlichkeit ist verweht mit dem Sturm. Es liegt etwas Flehendes in ihrem Blick. Was kann ich dazu sagen, hab doch selbst gar keine Kinder und gar keine Erfahrung damit.

»Was macht der denn, dass Sie ihn nicht mögen?«

Ich flüstere ebenfalls, als dürfe man nicht laut darüber sprechen.

Sie seufzt und sucht nach Worten.

»Nun, er kommt regelmäßig jeden Monat um den Fünfzehnten, weil er Geld braucht, und ist da ganz ungeniert, ja, er fordert es. Er sagte tatsächlich einmal zu mir: ›Du weißt doch, dass ich komme, wieso hast du nicht mehr im Haus?‹ Ich habe sogar gedacht, wenn ich ihm nichts gebe, dann nimmt er es sich mit Gewalt. Noch nie hat er mich gefragt, ob ich denn mit meinem Geld auskomme. Ich bin sicher, dass ich ihm völlig egal bin, ich bin nur die Kuh, die er melken will.«

Sie stockt einen Moment, als sei ihr das alles peinlich, aber dann fährt sie entschlossen fort:

»Verstehen Sie, ich habe Angst vor meinem Enkel, und ich schäme mich, dass ich so schlecht von ihm denke. Er arbeitet nicht, vielleicht kann er nichts dafür, das sind die Zeiten. Nur ist er so schrecklich ziellos dabei. Da ist gar kein

Ehrgeiz, oder Lust, etwas Neues auszuprobieren. Sehen Sie, wir haben doch auch schlechte Zeiten erlebt, gut, wir waren noch Kinder«, sie zögert, »aber auch unsere Eltern haben sich nicht so hängen lassen. Verstehen Sie, was ich meine?«

Ich nicke. Ich kenne diese Typen. Wegen denen hänge ich mir meine Handtasche immer über den Bauch. Die kriegen sie nicht so schnell. Aber Angst hab ich auch vor denen.

»Ich würde den auch nicht mögen«, erkläre ich ein bisschen heftig.

Frau Schumacher scheint geradezu erleichtert. Plötzlich lacht sie wieder.

»Diesen Monat habe ich ihn ausgetrickst. Ich war in den letzten Tagen nie viel zu Hause, und abends mache ich nicht mehr auf, wenn es klingelt, das weiß er. Deshalb bin ich auch heute hier mitgefahren. Da kann er sich vor meiner Wohnung die Beine in den Bauch stehen.«

Ich muss auch lachen.

»Recht so, lassen Sie ihn doch gar nicht in Ihre Wohnung.«

»So einfach ist das nicht, ich muss ja auch mal raus.«

Wir haben den Bus erreicht, und jeden Moment können die anderen zu uns stoßen.

»Oh, jetzt waren wir gar nicht für kleine Mädchen, Frau Friese, das werde ich jetzt aber nachholen, bis Bremen ist es ja noch eine lange Fahrt.«

Wie wandelbar diese Frau ist! Eben noch ernst, fast wütend, jetzt ist sie wieder die fröhliche Mitreisende.

Nein, doch nicht ganz. Kurz vor den Toiletten nimmt sie plötzlich meinen Arm.

»Frau Friese, ich wollte Sie nicht mit meinen Sorgen behelligen. Entschuldigen Sie, wenn ich zu persönlich geworden bin, aber ich musste es einmal jemandem erzählen.«

Meine Antwort wartet sie gar nicht ab und verschwindet in einer Kabine. Was halte ich denn nun davon?

Auf der Rückfahrt plaudert sie wieder unbeschwert wie auf der Hinfahrt, bis wir beide müde werden. Ich döse ein wenig, Frau Schumacher schnarcht sogar ein bisschen. Oder tut sie nur so? Waltraud, sei nicht so misstrauisch. Würde dir auch guttun, mal mit jemand über diesen Roman zu reden, du bist nur zu schüchtern dazu.

Wir verabschieden uns mit einem freundlichen Händedruck.

Ob ich sie nach ihrer Telefonnummer hätte fragen sollen, überlege ich in der Straßenbahn. Wir hätten uns doch mal treffen können irgendwo in der Stadt in einem Café. Vielleicht hätte sie es nicht gewollt.

Trotzdem bin ich zufrieden mit dem Tag. Nur müde. Ist doch sehr anstrengend, mit so vielen Leuten.

Eher mechanisch greife ich beim Abendessen noch zur Zeitung. Ob ich nur den Roman lese? Will ja keine Folge versäumen. Klingt der Tag doch schöner aus.

So schön auch wieder nicht, nur Mord und Totschlag und dumme Sprüche von Politikern. Wer ist das nun wieder? Muss ich die kennen? Ich pruste vor Lachen. Da stehen vier Politiker, alle sehen gleich aus, nur zwei haben den Streifen der Krawatte von links oben nach rechts unten, und bei den andern laufen die Streifen andersrum. Ich setze die Lesebrille auf, das muss ich mir noch mal genau ansehen. Haha, zu komisch, das ist sicher deren Parteiuniform. Damit man die auseinanderhalten kann. Wo sind die Zeiten hin, als Politiker noch geflucht haben? Wie hieß der noch, dieser alte SPDler, ach, ich komme nicht drauf.

Was sagt denn der Lokalteil, noch mehr Nullen? Nein, nur ein Autowrack. Das sieht ja nicht mehr schön aus. Teures Auto, sicher wieder diese kleinen Jungs, die von der Disco kommen. Rasen alle zu schnell.

»Keine Bremsspur«, steht da. An was erinnert mich das? He, ist das etwa der Unfall, von dem Anne gestern …

Sofort bin ich hellwach. Aufgeregt lese ich den kurzen Text. Eine zweiundvierzigjährige Frau, S. N., die schreiben ja nie den ganzen Namen hin, hat sich »in selbstmörderischer Absicht« gestern früh gegen halb sieben gegen den Brückenpfeiler gefahren. Auf der Autobahn nach Hamburg.

Mir fällt das Brot aus der Hand.

S., das ist Susanne!

Das ist doch ihr Auto, kennst du doch, auch wenn sie auf dem Foto das Nummernschild durchgestrichen haben.

Susanne. Das muss sie sein. Diesmal spinne ich nicht. Oder?

Ganz vorsichtig lege ich die Zeitung auf den Tisch. Susanne hat sich umgebracht. Eine Menge Angst hatte sie. Dann muss die doch mehr gewusst haben. Wovon auch immer. Und diesmal ist die Leiche nicht verschwunden.

Lange sehe ich auf das Foto. Wie muss man sich fühlen, wenn man so auf eine Wand zurast? Bremst man denn da nicht automatisch? Brr, mag ich nicht dran denken. Arme Frau. Ich kannte sie ja nicht, aber irgendwie fühle ich mich mit ihr verbunden. War zweiundvierzig, habe ich ja richtig geschätzt. Was wird denn nun aus ihrem Hund? Armes Tier, für die ist das doch auch schwer. Na, wird sich schon jemand drum kümmern.

Susanne.

Hätte ich doch bloß nicht die ganze Zeitung gelesen. Eigentlich ging es mir doch nur um den Fortsetzungsroman. Wie soll ich jetzt ruhig schlafen?

9

Mmh. Lecker, frische Brötchen zum Frühstück, sollte ich öfter kaufen. Dazu die Zeitung, schöner Start in den Morgen. Hoffentlich gibt's diesmal keine bekannte Leiche.

Energisch greife ich nach dem Marmeladenglas. Ich will nicht wieder grübeln. Heute nicht. Frau Groote hat »das ganze Haus« zu Kaffee und Kuchen eingeladen. Damit wir uns kennenlernen. Ein feiner Zug. Ist überhaupt eine feine Dame, aber gar nicht überheblich.

Ob ich das mit Susanne ansprechen soll? Vielleicht weiß ja jemand, ob sie's wirklich ist. Weil, S. N., ich gebe es zu, gibt sicher mehr, die so heißen. Aber das Auto …

Nur, ist ja kein schönes Thema für ein gemütliches Beisammensein.

Wenn ich überhaupt zu Wort komme. Die Berger wird doch sicherlich die Gelegenheit nutzen und die ganze Zeit quatschen. Wird bestimmt ihr ganzes Leben vor der Groote auswalzen wie die Dampfwalze den Teer. Schließlich kennt die arme Frau die ganzen Geschichten noch nicht. Aber ich. Kann ich mir was Schöneres vorstellen. Hoffentlich taugt wenigstens der Kuchen was.

Aber Frau Groote ist raffiniert. Die lässt die Berger gar nicht lange schwadronieren, ganz freundlich unterbricht sie:

»Frau Friese, Sie möchten doch sicher noch eine Tasse Kaffee?«

»Oh, gerne.«

Ich grinse und sehe aus dem Augenwinkel, dass Kalli neben mir sich genauso ein Lachen verkneift.

»Kalli, Sie haben sich ja in Schale geworfen«, trieze ich ihn. Erstaunt sieht er an seiner Uniform runter – T-Shirt, Jeans, Jeansjacke.

»Wieso? Das trage ich doch immer.«

»Ja, schon, aber Ihre Haare! So einen schicken Pferdeschwanz haben Sie heute.«

Frau Groote lacht fröhlich, während Frau Berger beleidigt guckt, nun, wo sie mal nicht im Mittelpunkt steht. Neben ihr, mir gegenüber, sitzt ihr Mann. Ein unscheinbarer Mensch, kann man glatt übersehen. Vielleicht ist er ja stumm. Ich kann mich nicht erinnern, dass der mal mehr als einen Satz gesagt hat. Vielleicht ist die Berger deshalb so gesprächig, sie muss für den mitreden. Oder er hat es aufgegeben, neben ihr zu Wort kommen zu wollen. Ich kenne ihn ja nur vom Treppenhaus, selten genug, da nickt er immer nur mürrisch, kriegt nicht mal die Zähne auseinander für einen Gruß. Stiesel. Aber der geht jeden zweiten Sonnabend mit Kalli ins Fußballstadion zu Werder, man kann es sich nicht vorstellen. Da kann der doch nicht so steif rumstehen, oder?

Oh, jetzt bin ich abgedriftet, worüber reden die gerade?

»… von Hamburg nach Bremen verschlagen, Frau Groote? Ich dachte, der Trend geht gerade andersrum.«

»Ich habe mich scheiden lassen und fand, dass Hamburg zu klein ist für meinen Ex-Mann und mich.«

Sie lacht bitter. »Ich wollte neu anfangen, unsere gemeinsamen Freunde haben sich überwiegend auf seine Seite geschlagen.«

Sie wischt es mit einer Handbewegung weg.

»Dann bekam ich hier dieses hervorragende Angebot in der Klinik von Doktor Schneider. Na, ich wäre schon ziemlich dumm gewesen, hätte ich das ausgeschlagen. Und ich mag diese Stadt. Hier ist alles etwas, ja, wie sage ich es, etwas bescheidener. Das gefällt mir. Wirklich.«

Wir nicken alle, witzig, wie im Stummfilm.

»Aber hier so nah am Stadion, Frau Groote, hat Sie denn niemand gewarnt, hierherzuziehen? Diese Fans sind ja so *un-an-ge-nehm*!« Die Berger leidet wieder. Ihr Mann hebt die Augenbrauen, seine Kuchengabel verharrt einen Moment über dem Teller. Jetzt sagt er was, denke ich, muss er doch, ist doch auch ein Fan. Aber nein, er sieht Kalli an, der grinst sein Großer-Junge-Grinsen. Was die wohl reden, wenn sie alleine sind? Schon holt die Berger tief Luft, um sich in der Länge und Breite über das Thema Fußballfans auszulassen. Schnell, sag was, Waltraud!

»Wie sind Sie denn von Hamburg aus an die Wohnung gekommen?«, frage ich, nur um der Berger das Maul zu stopfen, denn interessieren tut mich das nicht die Bohne.

»Oh, das war ein glücklicher Zufall. Eine Kollegin aus der Praxis in Hamburg wohnt hier um die Ecke in der Celler Straße. Die erzählte mir, dass hier etwas frei war, und gab mir die Adresse des Immobilienmaklers. Büro Richter, hat der nicht auch Ihre Wohnungen vermittelt?«

Alle brummen zustimmend.

Rainer Richter. Die Welt ist klein. Arbeitet der denn noch? Oder das ist Jakob. Ich dachte, der wollte den Laden seines Vaters nicht übernehmen. Hat wohl Geld gebraucht, war ja reichlich verwöhnt, der Junge.

»Oh, das muss ja anstrengend sein, immer zu pendeln, so nah ist Hamburg ja auch wieder nicht«, erkämpft sich die Berger wieder das Wort und funkelt mich dabei wütend an. Sie lässt sich weitschweifig über die Probleme des Pendelns aus. Als ob die je gependelt wäre. Zum Mini-Shop sind's fünf Minuten zu Fuß.

Frau Groote schiebt sich ihren hervorragenden Pflaumenkuchen in den Mund. Ob sie den gebacken hat oder gekauft, muss ich sie diskret mal fragen. Pflaumen im Februar? Egal, lecker.

»Ich glaube, Frau Neumann hat ein Haus oder eine Eigentumswohnung hier. Die will sie nicht aufgeben, vermute ich. Mir wäre das auch zu anstrengend, jeden Morgen vor sechs aus dem Haus. Aber sie hat einen BMW, schneller Wagen, und sagt, sie kann gut früh aufstehen.« – »Ich nicht«, fügt sie lächelnd an. »Ich bin nicht so gut mit ihr bekannt. Aber ich muss sie unbedingt in den nächsten Tagen einmal anrufen und mich bedanken. Getroffen habe ich sie noch nicht, dabei kann ich möglicherweise sogar hier hinten in ihr Fenster gucken.«

Frau Groote lacht.

»Ob ihr das recht wäre? Susanne ist immer sehr zurückhaltend.«

Susanne? Neumann? Schneller Wagen? Vor sechs? S. N.!

»Hat sie ein weißes Auto?«, platze ich raus. »So ein Cabrio?«

Frau Groote nickt erstaunt. Alle starren sie mich an.

»Wie kommen Sie denn darauf?«, fragt Kalli langsam.

Nun kann ich nicht mehr zurück. Hätt ich doch den Mund gehalten. Meine Gedanken überstürzen sich. Wenn die Groote die Susanne kennt, wie kann ich ihr sagen, dass die sich umgebracht hat? Geht doch nicht, hier beim Pflaumenkuchen!

Aber reden muss ich nun. Es ist angespannt still.

»Es ist ...«, beginne ich zögernd. »Vielleicht stimmt es ja auch nicht, aber es hat einen Unfall gegeben, stand gestern in der Zeitung, ich, na ja, ich dachte, es könnte ihr Auto gewesen sein.« Puh.

Kalli zieht scharf die Luft ein. Frau Groote springt auf und kramt nach der Zeitung.

Herr Berger sieht mich intensiv an.

»Meinen Sie das Foto gestern im *Kurier*? Wie kommen Sie denn darauf, dass das Frau Neumanns Wagen ist? Kennen Sie die Frau näher?«, fragt er mich.

Der spricht! Drei Sätze!

Ich weiß nicht, soll ich mich mehr wundern, dass er redet, oder, dass ihn das überhaupt interessiert.

»Ich habe es auch gelesen, aber ich habe mir nichts dabei gedacht«, wirft Frau Berger ein.

Weil du nicht weißt, wie das geht, denken, will ich sagen, aber diesmal kann ich den Mund halten. Ich spüre, wie mir wieder so ein Kichern den Hals raufsteigt. Nein, Waltraud, nimm dich zusammen.

Herr Berger fixiert mich immer noch wie eine Schlange die Maus. Ehe ich antworten muss, kommt Frau Groote mit der Zeitung. Sie liest im Stehen. Setzt sich hin, ganz käsig im Gesicht.

»Ach, du lieber Gott«, stöhnt sie. »Ich glaube, das könnte sie sein. Zwar steht hier kein Name, aber das ist auf jeden Fall ein weißes BMW-Cabrio. Und zweiundvierzig stimmt auch.«

Sie starrt lange auf das Foto. Es ist wieder still geworden. Mir ist das alles schrecklich peinlich, wo es doch so nett war bisher. Kalli nimmt ihr die Zeitung aus der Hand, überfliegt den Text.

»Frau Groote, mal langsam. ›S. N.‹ steht hier. Selbst wenn Bremen kleiner ist als Hamburg, es gibt sicher Dutzende, ach, Hunderte Frauen in der Stadt, die zweiundvierzig sind und sich S. N. abkürzen.«

»Und ein weißes BMW-Cabrio fahren?«

»Gut, das mögen keine hundert sein, aber sicher mehr als eine.«

»Morgens um halb sieben? Auf der Autobahn nach Hamburg?«

Kalli wedelt mit den Händen, aber ihm fällt nun doch nichts mehr ein.

»Muss sie nicht sein, Frau Groote, machen Sie sich nicht verrückt.«

Frau Groote spielt mit der Kaffeetasse.

Ich schweife wieder ab, sehe die Furie wieder, wie sie mich im Supermarkt abgefertigt hat.

»Was wird denn nun aus ihrem Hund?«, überlege ich laut.

»Welchem Hund? Frau Neumann hat doch gar keinen Hund.«

Frau Groote hält mitten in ihrer Bewegung inne.

Alle sehen mich irritiert an. Ich gucke genauso zurück.

»Wieso kauft sie dann Hundefutter?«, frage ich erstaunt.

»Sie wissen ja gut Bescheid über die Dame«, bemerkt Herr Berger süffisant. »Dafür, dass Sie sie gar nicht kennen.«

»Ach was, sie hat im Supermarkt vor mir gestanden und hatte dieses teure Futter in ihrem Wagen. Ich dachte noch, warum nimmt sie nicht das billige Zeug, ist doch das Gleiche.«

»Das stimmt nicht«, wirft Frau Berger erbost ein.

»Das müssen wir nun wirklich nicht erörtern«, wehrt ihr Mann schroff ab.

Einen Moment herrscht eisiges Schweigen.

»Ich rufe sie heute Abend an, dann weiß ich wahrscheinlich mehr«, erklärt Frau Groote resolut.

»Was für ein unappetitliches Thema, Frau Friese«, tadelt mich die Berger. »Wo wir hier so nett zusammensitzen.«

Und dieses Mal, dieses eine Mal, gebe ich ihr recht.

Kalli versucht zu retten, was noch zu retten ist.

»Solange wir nichts Genaues wissen, können wir so tun, als wäre es jemand anders, nicht wahr?«

Er sieht aufmunternd in die Runde. Wir nicken, auch wenn das natürlich nicht so einfach geht.

»Hier kennt wohl jeder jeden, scheint mir.«

Frau Groote bemüht sich, das Gespräch wieder in Gang zu bringen, ganz die Gastgeberin jetzt. »Dass Sie alle wissen, wer welches Auto fährt, zum Beispiel.«

»Frau Friese schaut gerne aus dem Fenster«, erklärt Kalli. »Die bemerkt alles. Sie sollten Detektivin werden. Ihre Kontakte zur Polizei sind ja ziemlich gut, wenn die schon zu Ihnen zum Frühstück kommt.«

Jetzt lacht er.

»Polizei? Zum Frühstück?«, fragt die Berger, irritiert, dass ihr etwas entgangen ist. Kalli erzählt. Der weiß ja gut Bescheid. Was sage ich nur? Die Wahrheit? Noch eine Leiche zum Pflaumenkuchen? Nein, das verkneife ich mir lieber.

Ich muss mir was einfallen lassen, und zwar schnell. Wieder sehen mich alle an. Bin ich gar nicht gewohnt, dass ich so im Mittelpunkt stehe, macht mich ganz unsicher.

»Das war gar nichts Besonderes, ich habe wahrscheinlich nur zu heftig reagiert. Ja. Weil, dieser Ro… äh, dieser Junge gegenüber hat wieder was aus dem Fenster geworfen.«

Das ist gut, daran halte ich mich. Fast muss ich grinsen über den makabren Beigeschmack, wenn man bedenkt, *was* da aus dem Fenster gefallen ist.

»Tatsächlich? Ich habe nichts gehört, dabei habe ich so einen leichten Schlaf.«

Misstrauisch beguckt die Berger mich, als würde ich gleich ein Kaninchen aus der Kaffeetasse ziehen. Wahrscheinlich ist sie eifersüchtig, glaubt, etwas versäumt zu haben. Aber da, oh Wunder, hilft mir ihr Mann weiter. So stumm ist der tatsächlich nicht.

»Wenn es am Zwölften war, Schatzi« – Schatzi? Ich hör wohl nicht recht –,

»dann warst du bei Mama.«

Dies führt zu einer längeren Ausführung über »Mamas« Gesundheitszustand und »Schatzis« hingebungsvolle Pflege. Vielleicht bin ich unfair, aber ich mag diese Frau einfach nicht. Sie hat so was Gieriges, nicht nur dass sie alles haben will, sie will auch alles wissen. Der würde ich meinen Wohnungsschlüssel nicht geben. Nicht, weil ich denke, sie beklaut mich, dazu wäre die zu vorsichtig hier im Haus, aber allein der Gedanke, dass die alles betatscht, was ich gernhabe, das finde ich richtig eklig. Dabei hilft sie mir gerade so sehr aus der Patsche, dass ich ihr eigentlich dankbar sein müsste, lenkt ihr Redefluss doch von mir ab.

Sosehr ich jemanden brauche, um einmal über Roman zu sprechen, etwas hindert mich, es hier zu tun. Nicht nur weil es, wie die Berger sagt, ein unappetitliches Thema ist. Ich kann es nicht begründen.

Vorsichtig schaue ich in die Runde. Gut, vom Thema Polizeibesuch sind wir weg, aber eines lese ich in den Gesichtern von Kalli und der Groote: Die glauben mir kein Wort. Im Gesicht von Herrn Berger kann ich gar nichts lesen. Das ist wie eine Maske.

10

So ganz wach bin ich ja noch nicht, als ich heute früh die Zeitung hochhole. Müsste eine Möglichkeit geben, die gleich in den dritten Stock zu schicken, ach ja. Wohl noch verschlafen, bemerke ich gar nicht, dass sie schon im Flur im Briefkasten steckt. Seltsam, dabei ist der Zeitungsbote doch gerade erst um die Ecke gewesen. Jemand hat sie aus dem Briefschlitz genommen. Kommt selten vor, schon gar nicht am Sonntag. Ich bin ja meistens zuerst auf. Ist ein Elend, wenn man nicht mehr lange schlafen kann. Zum Glück sind die Albträume etwas weniger geworden. Roman fällt nicht mehr jede Nacht.

Ist noch alles finster draußen. Ich schaue auf die Straße, tatsächlich, nirgendwo ist Licht. Schlafen alle noch. Ich lasse den *Kurier* auf den Tisch neben die Marmelade fallen. Dabei rutscht ein Blatt raus und segelt auf den Teppich.

Blöde Werbung, denke ich und bücke mich ächzend. Komisch, ist gar nicht dieses glatte, bunte Papier, ist ein einfacher Bogen. Ich falte ihn auseinander.

»Halt dich raus, Alte!«

Ich werfe das Blatt auf den Tisch, als wäre es heiß. Vorsichtig setze ich mich hin. Ach nein. Soll das ein schlechter Scherz sein? Ich greife erneut danach und starre auf die Buchstaben. Sicher mit einem Computer geschrieben, hätte jeder sein können. Sieht nach Kalli aus, würde zu dem passen, der hat einen merkwürdigen Humor.

Ich weiß, ich sollte mich fürchten, aber ich fühle mich eher wie in einem schlechten Film. Es ist so dämlich.

Langsam schmiere ich mein Frühstücksbrot. Werde richtig wach, denke nach.

Allmählich kriecht Furcht in mir hoch. Das ist eine echte Warnung, Waltraud. Nimm das nicht auf die leichte Schulter.

Jemand von der Kaffeerunde gestern. Wer sonst weiß, dass ich in »die Sache« verwickelt bin? Wenn es nur um Romans Sturz ginge, hätte ich diesen Wisch schon vor einer Woche kriegen müssen. Hängt also mit Susanne zusammen. Dass ich ihren Wagen erkannt habe. Jemand muss den Zeitungsboten abgepasst haben. Ich hab den ja noch gesehen. Bin gleich danach runter.

Nein, denk nach, Waltraud, erst bist du noch in die Küche und hast die Kaffeemaschine angestellt, damit die schon loslegt, während du läufst. Junge, Junge, da hat sich jemand aber den Wecker gestellt. Merkwürdig, ich habe nirgendwo Licht gesehen. Hat da jemand im Dunkeln am Fenster gesessen und auf die Zeitung gelauert? Ich weiß, es ist ernst, aber ich muss kichern, Dummer-Jungen-Streich, passt zu Kalli, der ist ja noch ein Kind. Dem trau ich das alles zu. Und Bergers wären mir doch auf der Treppe entgegengekommen, oder ich hätte die Tür gehen hören. Nein, die können es nicht gewesen sein. Frau Berger sowieso nicht, kann die überhaupt einen Computer bedienen? Frau Groote? Ich weiß nicht, die hat doch hier am Zwölften noch gar nicht gewohnt. Kann die mit Susannes Tod zu tun haben? Dann spielt sie gut Theater, ich dachte, die war echt erschrocken gestern. Hätte doch auch nicht zugeben müssen, dass sie die Neumann kennt, wäre nie wer von uns drauf gekommen. Nein, das glaube ich nicht, dass die Groote das geschrieben hat. Irgendwie kann ich mir die Frau auch nicht hinter der Gardine vorstellen, wie sie auf den Zeitungsträger wartet, die hätte sicher was Klügeres gefunden.

Ärgerlich schlage ich mit der Faust auf das Blatt. Es weist schon alles auf Kalli.

Ich erschrecke. Was hat der mit alldem zu tun? Neugierig genug war er ja. *Er* war es, der mich wegen der Polizei ausgefragt hat. Mehrmals sogar. Kalli also.

Ich kaue, ohne zu merken, was ich esse.

Ach nee, nee, das ist ja ein schrecklicher Gedanke, mit einem Verbrecher im Haus zu wohnen.

Langsam, langsam, Waltraud, kann alles auch ganz anders sein.

Gerade weil ich sofort auf Kalli tippe, kann er nicht wirklich ein Verbrecher sein. Der Mann ist schon merkwürdig, aber ich glaube nicht, dass er so dumm ist. Überhaupt ist dieser Zettel dumm. Darum kann ich mich auch nicht wirklich fürchten. Hätten sie gleich draufschreiben können, dass mit den beiden Toten was nicht stimmt. Wenn ich bisher Zweifel hatte, jetzt sind sie endgültig weg.

Aber auch wenn es ein schlechter Scherz ist, muss der Schreiber doch was wissen. Ach je, es ist verwickelt. Was mach ich nun? Und wieso nur »raushalten«? Was hab ich denn getan, hab nur die Zeitung gelesen, stand doch drin, dass die Susanne sich umgebracht hat, hab ich doch nicht erfunden, konnte doch jeder lesen. Was ist denn daran verdächtig? Sicher kommt in den nächsten Tagen eine Todesanzeige, »plötzlich und unerwartet« oder so.

Warum bedroht mich jemand, nur weil ich weiß, was jeder andere auch lesen kann? Selbst, dass ich das Auto der Neumann kenne, ist doch kein Wunder. Dass ich ständig am Fenster sitze und die Autos beobachte, das ist doch allen Nachbarn bekannt. Warum also dieser Wisch?

Vielleicht, so wird mir langsam deutlich, vermutet der Schreiber, dass ich mehr weiß, als ich es tue, etwas, was wirklich bedrohlich für ihn ist.

Aber ich hab doch keine Ahnung, was das sein soll! Ich weiß doch gar nicht, worum es überhaupt geht!

Immer wieder schiebe ich den Bogen auf dem Tisch hin und her. Was mache ich damit? Gehe ich zur Polizei? Ob man mich endlich ernst nehmen wird? Ich bezweifle es.

Selbst mir ist ja nicht klar, wie ich dieses Blatt bewerten soll. Aber ich muss etwas tun. Ich fürchte mich vor der nächsten Nacht. Am Tag sieht das alles ja harmlos aus, aber wenn es dunkel wird und still, dann kriecht die Angst in mir hoch. Dann male ich mir aus, was alles passieren kann, und dann werde ich wieder meine Wohnungstür abschließen.

Verdammter Mist! Vor Wut kommen mir die Tränen. Die letzten Tage waren so anders, ich dachte, ich könnte endlich ausbrechen aus meinem Käfig, und jetzt das. Ich knalle wieder die Faust auf den Tisch. Ich will mich nicht wieder einsperren! Zerreiß den Fetzen!

Nein, halt, besser nicht, ist ja ein Beweisstück. Blödsinn, das beweist nur, dass jemand im Haus einen ganz miesen Humor hat.

Mit irgendjemandem muss ich reden, und zwar bald. Mit dieser Anne? Wie soll ich die finden? Frau Groote? Ob ich das riskieren kann? Was kann passieren? Natürlich, wenn sie mit drinsteckt in dem Schlamassel, kann alles passieren, aber das glaube ich einfach nicht, auch wenn es vielleicht leichtsinnig ist.

Sie könnte mich umbringen.

Ich erstarre.

Umbringen! Waltraud, du redest von *dir*!

Das ist keine Geschichte, die du dir zusammenspinnst. Keiner wird dich umbringen. Das wäre noch dümmer als der Zettel. Alle wüssten sofort, dass hier etwas los ist.

Na prima, aber dann bin ich tot, und ich will neunzig werden wie Mutti. Ich muss lachen, es klingt etwas hysterisch, und ich presse die Hand vor den Mund. Lass das, Waltraud.

Mein Kopf brummt. Aua, meine Schultern sind total verspannt. Ich stehe auf und gehe zum Fenster. Es wird hell. Sieht nach einem schönen Tag aus. Der Frühling kommt schon mit Macht. Sollen fünfzehn Grad werden, steht im *Kurier.* Und das Ende Februar. Die Zeiten sind verrückt. Nicht nur die Menschen.

Was tu ich nur? Unten klappert eine junge Frau auf dem Rad vorbei. Das mach ich auch! Ich setze mich aufs Rad und fahre ein bisschen rum, da kriege ich die besten Ideen, das war schon immer so. Wird ja jetzt noch nicht viel los sein, muss ich nicht so aufpassen auf die Leute. Sonst ist ja sonntags immer der Teufel los an der Weser. All die Hunde und Skater und Kinder, nee, nee, ganz zu schweigen von den Verrückten, die glauben, sie wären bei der Tour de France.

Im Haus ist alles still, nirgendwo Licht. Aber einer von euch ist schon auf, denke ich. Oder war es und hat sich wieder hingelegt, Auftrag ausgeführt. Ob so einer wirklich friedlich schlafen kann?

Puh, ist doch ganz schön kalt, auch wenn die Sonne scheint. Langsam rolle ich durch die leeren Straßen runter zum Weserufer, dann immer am Fluss entlang. Beruhigend, das Wasser. War eine gute Idee, Waltraud. Ich merke, wie die gleichmäßige Bewegung mir guttut. Meine Nervosität ist verschwunden, ich atme tief. Ich grüße die vereinzelten Hundebesitzer, die meist mit müden Augen am Deich stehen. Ob die den Tag verfluchen, an dem sie sich einen Hund angeschafft haben, zumindest sonntagmorgens? Oder das sind echte Bettflüchter wie ich. Ja, die meisten sind wohl Rentner. Wenn du einen Hund hättest, Waltraud, hätte das frühe Aufstehen wenigstens einen Sinn. Ich seufze ein wenig. Der da, der schwarze Mischling, der könnte mir gefallen. Der Schäferhund von Friseur Schröder weniger, der ist mir zu groß. Ich mache mir einen Spaß daraus, mir einen der Hunde auszusuchen. Allmählich werden die Beine müde, aber mein Kopf ist klar.

Zurück zu dem Problem, ein Hund ist nicht das Thema, Waltraud.

Was spricht gegen die Groote? Sie kann es allen andern im Haus erzählen, weil sie mich für verrückt hält. Aber wenn mir dann was zustößt, dann weiß die doch sofort, dass ich recht hatte. Müssen sie die Groote auch umbringen. Hör auf mit den Schauergeschichten, was spricht noch dagegen?

Dass sie versucht, mich in ein Heim zu stecken oder in die Klapse, weil ich böse Sachen über die Nachbarn verbreite? Aber da ist dieser Zettel. Ich habe keinen Computer, das kann ich nicht selbst geschrieben haben.

Ich muss mit ihr reden. Ich kann mich nicht alleine gegen unbekannte Gangster stellen. Vielleicht geht die Groote zur Polizei, der wird man glauben. Und wenn alles nicht funktioniert?

Dann verreist du für zwei Wochen, machst einen richtigen Urlaub, ist doch alles ziemlich billig Ende Februar. Vielleicht ist danach ja alles vorbei, muss doch mal.

Urlaub? Fast reiße ich den Lenker rum. Was ist in dich gefahren, Waltraud, hast ja seit Jahren nicht mehr an Urlaub gedacht. Ich bleibe stehen und starre eine Weile aufs Wasser. Ich komme mir selbst ein bisschen fremd vor. Dabei ist das doch auch ein Teil von mir, als junge Frau bin ich viel verreist. Keine Weltreisen, nein, war ja nicht so leicht wie heute mit dem Fliegen und allem. Aber in Europa war ich schon unterwegs. Holland, Frankreich, Skandinavien, Italien natürlich. Ist mir irgendwann abhandengekommen.

Nachdenklich wende ich und fahre zurück.

Gut, entschieden, ich spreche mit der Groote.

Es ist, als fiele mir ein schwerer Sack von den Schultern. Hat mich alles doch sehr mitgenommen. Selbst das Rad rollt leichter.

Ich blinzele in die Sonne, mmh, wie sie mein Gesicht wärmt. Ach, schön, Waltraud, lass dir das Leben nicht vermiesen. Und zum zweiten Frühstück holst du dir jetzt ein Croissant, der Bäcker hat schon auf.

Urlaub. Waltraud, was dir so einfällt, wirklich.

Kann ich doch in jedem Fall machen. Wo ist es denn schön um die Jahreszeit? Schnee ist ja nichts für mich, hab ich Angst, ich falle. Also in den Süden? Rentnerparadies Mallorca? Oder eine schöne Stadt? Wie wäre es mit Paris? War ich noch nie. Warum soll ich nicht nach Paris fahren?

Übermütig schlenkere ich ein bisschen hin und her, fahre Bögen. Ha! Selbst das geht. Wer sagt, dass du alt bist, Waltraud!

Da klingelt mich von hinten wer an. Ach, Blödmann, was hetzt du so am Sonntag in der Frühe?

Wusch!, schon vorbei, so einer mit Helm und buntem Hemdchen. Na gut, dann fahre ich jetzt gesittet, wie es sich für eine Oma gehört. Am liebsten hätte ich laut gesungen, aber das traue ich mich doch nicht. Würde auch meine Puste nicht reichen. Da fällt mir der Spruch meiner Großmutter ein: »Vögel, die morgens singen, holt abends die Katz.« Wieder sehe ich den Zettel vor mir. »Halt dich raus, Alte!« Ich fange an zu zittern. Erst will ich absteigen, weil ich fürchte zu fallen. Aber dann überkommt mich eine unglaubliche Wut. Muss ich wieder klein beigeben?

Ich wusste gar nicht, dass ich so wütend werden kann. Ich trete ganz fest in die Pedale und fauche im Rhythmus der Tritte: »Ihr kriegt mich nicht klein!«

Ob mich jemand hört? Ist mir doch wurscht!

11

Der Himmel oder das Schicksal oder wer auch immer muss mit mir übereinstimmen, denn als ich die Tür zum Bäckerladen öffne, wer steht da vor mir in der Schlange? Frau Groote. Na, wenn das kein glücklicher Zufall ist!

»Guten Morgen, Frau Groote«, grüße ich fast überschwänglich.

Sie dreht sich mit müdem Blick um, lächelt dann freundlich.

»Oh, guten Morgen, Frau Friese. Na, Sie sehen so aus, als wären Sie schon richtig wach.«

»Bin ich auch, Sie wissen ja, alte Leute schlafen nicht mehr so viel.«

Ehe wir dieses hochinteressante Thema weiterdiskutieren können, ist sie an der Reihe und bestellt ihre Brötchen. Hoffentlich rennt sie jetzt nicht sofort nach Hause, ich muss sie doch fragen, wann sie mal Zeit hat. Vielleicht tue ich das aber besser draußen, nicht hier, wo alle zuhören können, bin doch zu misstrauisch. Oh, ich bin dran.

Aber ich kann beruhigt sein, Frau Groote wartet draußen auf mich. Als ich mein Fahrrad aufschließe, wundert sie sich.

»Sie sind mit dem Rad? Das kurze Stück?«

Dann mustert sie mich neugierig und lacht: »He, Frau Friese, ich wette, Sie haben schon eine richtige Radtour hinter sich. Deswegen sehen Sie so frisch aus.«

»Ach, Radtour, das wäre ein bisschen zu viel gesagt. Nein, bin nur ein Stück an der Weser langgefahren, weil, äh … ich musste nachdenken.« Ist doch nicht so einfach.

Beeil dich, wir sind gleich zu Hause.

»Frau Groote, haben Sie vielleicht nachher irgendwann mal ein halbes Stündchen Zeit? Weil, na ja, also, da ist etwas sehr Merkwürdiges, worüber ich gern mal mit Ihnen reden würde.«

»Es geht um Frau Neumann, vermute ich.«

Die ist ja nicht mal verwundert. Lieber Gott, lass das jetzt nicht falsch sein! Zu spät. Jetzt kann ich nicht mehr zurück.

»Ich hatte heute früh einen komischen Zettel in meinem Briefkasten.«

Sie hebt erstaunt die Augenbrauen. Wartet weiter ab, aber ich weiß nicht weiter. Schon stehen wir vor der Haustür.

»Warum kommen Sie nicht gleich mit zu mir, dann frühstücken wir zusammen, und Sie erzählen mir, was Sie beunruhigt. Mich beschäftigt nämlich auch so einiges, nachdem ich gestern telefoniert habe.«

Ich schnaufe eilig die Treppe hoch und hole den Zettel. Hoffentlich begegnet mir die Berger jetzt nicht, wäre mir nicht lieb, wenn die das mitkriegt, dass ich mit der Groote frühstücke. Schnell bin ich wieder unten. Geht ganz gut mit meinem Bein, seit ich mehr Rad fahre. Hatte der Doktor Hagen doch recht, ach ja.

Frau Groote setzt Kaffeewasser auf, wie wir früher. Sie macht das nicht mit der Maschine, merkwürdig, wie die jungen Leute auf diese vorsintflutlichen Sachen zurückgreifen. Dabei macht sie gar keinen altmodischen Eindruck.

Ich lass mich beim Erzählen ja gerne ablenken, aber heute bemühe ich mich, alles ganz klar zusammenzufassen. Selbst den dicken Hund erwähne ich, auch wenn der nichts damit zu tun hat, aber alles muss vollständig sein, dass sie nicht hinterher denkt, ich vergesse die Hälfte oder man kann mir nicht glauben. Die soll mich ja nicht für eine Spinnerin halten.

Sie hört zu, ohne mich zu unterbrechen. Nur als ich diesen Bernd erwähne, stutzt sie. Ich hab das Gefühl, sie will was sagen, aber sie presst nur die Lippen zusammen. Dann ist sie wieder ganz aufmerksam. Ob sie den kennt? Sie sieht mir die ganze Zeit aufmerksam ins Gesicht. Es ist so einfach, mit ihr zu reden. Und tut so gut.

Als ich fertig bin, sagt sie erst mal eine Weile nichts. Ich habe den Zettel auf den Tisch gelegt, aber sie wirft nur einen kurzen Blick darauf. Dann schnippt sie dagegen und sagt: »Den verstehe ich nicht.«

Sie überlegt wieder eine Weile. Dann berichtet sie: »Ich habe gestern Abend ein paar alte Bekannte aus Hamburg angerufen. Eines ist sicher, Susanne ist tot. Sie war tatsächlich die Fahrerin des Wagens. Unklar ist allerdings, warum sie sich getötet hat. Es scheint sogar Zweifel zu geben, ob es Absicht war. Aber das kann auch gut nur die Gerüchteküche sein. Bei Selbstmord fühlen sich alle im Umkreis der Toten mitschuldig, Sie können sich vorstellen, dass man da lieber an einen Unfall glaubt.«

Ich nicke, das passt auf Annes Verhalten.

»Kennen Sie Anne?«

»Nein, es sei denn, nur mit ihrem Nachnamen.«

Ich kann nur die Achseln zucken, ich weiß ihn nicht.

»Frau Friese, sehen Sie, die Sache ist wirklich nicht ganz ungefährlich. Es gibt Gerüchte, ich betone, Gerüchte, die ich normalerweise nicht erzählen würde. Aber in der Situation scheint es mir nicht gegeben, allzu sensibel zu sein. Sicherheit geht vor, und hier geschehen merkwürdige Dinge.«

Sie stippt nachdenklich ein paar Krümel vom Teller. Muss wohl auch erst mal überlegen, wie viel sie mir anvertrauen kann. Oder?

Schade eigentlich.

Ach nein, Waltraud, sie kennt dich ja nicht.

Vielleicht will sie dich ja auch schützen.

Huh. Mir läuft es kalt den Rücken runter. Schützen? Gefährlich, hat sie gesagt.

Plötzlich merke ich, dass ich etwas ganz anderes erwartet habe von diesem Gespräch. Ich habe mir so gewünscht, dass sie mich beruhigt, mir meine Ängste ausredet und sagt, dass alles in Ordnung ist und ich nur ein bisschen überspannt sei. Aber nein, sie bestätigt noch, dass ich zu Recht besorgt bin.

Ich begreife mit einem Mal so klar wie nie in den letzten Tagen, dass das alles keine Spielerei ist, die ich in meinem Kopf in diese oder jene Richtung lenken kann und zwischendurch einfach vergesse.

Ich stecke mittendrin in der Gefahr.

Das ist keine Schauer*geschichte*, das ist die Wirklichkeit, die schaurig ist.

»Frau Neumann, so geht das Gerücht, hatte mal ein Drogenproblem«, erklärt Frau Groote. »Da so jemand, wie Sie sich vorstellen können, keine Chance hätte, in einer Klinik oder einer ärztlichen Praxis zu arbeiten, habe ich bisher angenommen, das sei eben nur üble Nachrede. Sie war aber MTA in einer sehr angesehenen Privatklinik. Die Mitarbeiterinnen und Mitarbeiter in dieser Klinik sind handverlesen, Frau Friese, das können Sie mir glauben.«

Wieder liegt dieser bittere Zug um ihren Mund.

»Nach dem, was Sie mir berichtet haben, könnte allerdings etwas an dem Gerücht stimmen. Vielleicht hat sie eine neue Chance bekommen, nun ja, es wundert mich. Oder sie hatte einen guten Anwalt.«

Ihre Gedanken schweifen ab. Sie schüttelt angewidert den Kopf, murmelt: »Das Schwein!«

Frau Groote!

Oder habe ich das nicht richtig verstanden? Ach ja, Hören wird auch nicht besser.

»Ich spekuliere mal. Mehr ist das nicht, Frau Friese. Dealer sind brutal und erpressen gerne. Vielleicht bestanden da noch alte Kontakte. Da hätte sie eine leichte Beute sein können. Es kann also sein, dass sie irgendwie in eine Drogensache verwickelt war. Wenn das ans Licht gekommen wäre, hätte sie allerdings ihren Beruf verloren, und das für alle Zeiten. Ob das für einen Selbstmord reicht, kann ich nicht beurteilen, ich fürchte, das kann kein Mensch überhaupt begreifen.«

»Aber was hat das mit mir zu tun?«, unterbreche ich sie verwirrt. »Und mit Kalli oder wer auch immer diesen Zettel geschrieben hat.«

»Wenn man diesen Roman getötet hat und es bekannt ist, dass Sie eine Zeugin sind, sind Sie drin in der Geschichte, ob Sie wollen oder nicht. Aber das wissen Sie selbst. Diesen Zettel verstehe ich auch nicht, das sieht mir ganz und gar nicht nach einer Drogenbande aus, das ist einfach zu billig. Die geben sich doch nicht mit so einem Quatsch ab. Vielleicht beruhigt es Sie, Frau Friese, aber nach meiner Einschätzung wäre Ihnen schon längst etwas zugestoßen, wenn die sich wirklich vor Ihnen fürchten würden.«

Na, danke, was für ein Trost.

»Wenn die das aber bisher nicht wussten?«

»Wer soll es ihnen denn sagen?« Sie sieht mich scharf an. »Glauben Sie, dass *ich* Sie denen ans Messer liefere? Keine Sorge, Frau Friese, ich weiß Ihr Vertrauen sehr zu würdigen und werde den Teufel tun und mich irgendwie mit Drogendealern einlassen. Ich bin Ärztin, Frau Friese. Für mich gilt das Gleiche wie für Frau Neumann. Da kann ich auch mit meinem Auto gegen die Wand fahren. Nur, meiner fährt keine hundertsechzig, das wäre vielleicht nicht sicher genug.«

Sie lacht ein bisschen böse.

»Selbst wenn irgendjemand im Haus von der Geschichte weiß, besteht doch nicht die Gefahr, dass der redet.«

Sie sieht den Zweifel in meinem Gesicht und fährt lebhafter fort: »Nehmen wir einmal an, jemand, ach gut, dann eben Kalli hat an dem Morgen das Gleiche gesehen wie Sie, aber eben nicht die Polizei benachrichtigt. Ich kann mir beim besten Willen nicht vorstellen, dass er zu dem Mörder geht und sagt: ›Hallo, ich bin Zeuge, aber da ist noch eine andere Zeugin: die Frau Friese‹, dann wäre er doch selbst dran. Wenn er für fünf Cent Verstand hat, bleibt er still. Deshalb ist dieser Zettel doch nur ein dummer Scherz. Geschmacklos allerdings. Aber das ist meine Meinung, und ich bin keine Kriminalistin. Wenn es Sie beruhigt, dann bin ich bereit, mit Ihnen zur Polizei zu gehen.«

Überzeugt wirkt sie dabei aber nicht sonderlich.

»Glauben Sie denn, dass das etwas bringt?«

Nachdenklich spielt Frau Groote mit ihrem Kaffeelöffel.

»Ehrlich gesagt, ohne Leiche …« Sie schüttelt ein wenig den Kopf. »Solange der junge Mann nicht als vermisst gemeldet wird, gibt es kaum einen Grund für die Polizei, sich einzumischen. Ich habe ja auch keine Beweise, nur vage Gerüchte, was Susanne betrifft. Und Selbsttötung ist kein kriminelles Delikt, soweit mir bekannt ist.«

»Was soll ich denn machen? Ich meine, ich tu doch nichts, ich weiß nichts. Soll ich mir ein Schild um den Hals hängen und draufschreiben: ›Ich weiß nix‹?«

Verzweifelt werfe ich die Arme hoch. Diese Unsicherheit macht mich ganz fertig.

»Sie können wenig tun, fürchte ich. Aber wie ich schon sagte, ich glaube nicht, dass Sie ernsthaft in Gefahr sind, auch wenn ich es für wahrscheinlich halte, dass die beiden Tode zusammenhängen. Sie sollten vielleicht Ihr Interesse an Frau Neumann nicht zu öffentlich machen.«

Plötzlich lacht sie bitter auf.

»Frau Friese, Sie profitieren von einer Unverschämtheit. Ich nenne es die Omisierung der Frauen. Sie wissen sicher, wovon ich spreche. Nämlich von der traurigen Tatsache, dass alte Frauen unsichtbar sind für ihre Mitmenschen.«

Sie hebt wie entschuldigend ihre Hände.

»Sie noch nicht!«, werfe ich erstaunt ein und schaue in ihr attraktives Gesicht.

»Nein, noch nicht, aber ich sehe es kommen. In Ihrem Fall halte ich das allerdings für einen Vorteil, da es Sie schützt.«

»Heißt das, ich soll jetzt blöde dreinschauen und anfangen zu sabbern?«, fahre ich auf.

»Nein, Frau Friese, ganz im Gegenteil, *damit* würden Sie erst auffallen. Nein, nein. Bleiben Sie bitte, wie Sie sind. Ich schätze Sie genau so.«

Sie lächelt. Höflich ist sie ja, oder meint sie das ernst?

»Sie haben mit Sicherheit schon erlebt, was ich meine: Wer achtet schon auf eine alte Frau, die durch die Straßen schlendert?«

»Ich weiß, ja, kenne ich gut genug. Und wenn es mich schützt, soll es mir nur lieb sein.«

Erst als ich in meiner Wohnung sitze und über das Gespräch nachdenke, erinnere ich mich an ihre Bemerkung:

»Hier geschehen merkwürdige Dinge.«

Was hat sie damit gemeint?

Wenn ich mir's recht überlege, hat sie überhaupt nicht viel gesagt. Ich bin sicher, dass sie diesen Bernd kennt. Vielleicht ist Susanne mehr als eine flüchtige Bekannte. Über die hätte sie mir auch mehr erzählen können, da wurde sie ziemlich wütend. Hielt aber alles gut unter Verschluss. Vorsichtig?

Plötzlich werde ich unsicher. War das wirklich richtig, mit dieser fremden Frau zu reden? Alles nur wegen dem Stuhl? Sie kennt zu viele der Beteiligten, scheint mir. Waltraud, nee, nee, ob das nun richtig war.

Anstatt dass ich ruhiger werde, hat mich das Gespräch aufgewühlt und unsicher gemacht. So hatte ich mir das nicht gedacht.

Langsam gehe ich in die Küche und starre hinüber in Romans Wohnung. Zu gerne wüsste ich, wie viel man von dort drüben eigentlich erkennen kann. Haben mich meine Gardinen wirklich geschützt?

12

Ach, Ampel, spring endlich auf Grün. Dieser Wind ist aber wirklich unangenehm heute. Ist doch noch kein Frühling.

Ich wende mich ein wenig ab. Ein paar Schritte weiter starrt eine andere alte Frau auf das Ampelmännchen, als wollte sie es hypnotisieren. Aber das ist doch …

»Frau Schumacher«, rufe ich erstaunt, als ich sie erkenne. »Guten Tag, was führt Sie hier in dieses Viertel bei dem ungemütlichen Wetter?«

Sie war wohl in Gedanken, schreckt richtig zusammen, aber sie erkennt mich gleich. Nur, so scheint mir, kann sie sich nicht entscheiden, ob sie sich freuen soll über unsere Begegnung oder nicht. Wie ein Film läuft das über ihr Gesicht. Hätte ich sie man besser gar nicht angesprochen. Aber Frau Schumacher fängt sich schnell, ist ihre Höflichkeit, vermute ich mal. Sie streckt mir die Hand entgegen.

»Frau Friese, welch ein Zufall!« Nun ist sie wieder ganz die freundliche Mitreisende. »Entschuldigen Sie, ich habe Sie nicht gleich erkannt«, lügt sie fröhlich. Doch dann schaut sie wieder so unschlüssig drein.

Wie ein Chamäleon, denke ich und will schon weitergehen, will mich ja niemandem aufdrängen. Nur wegen so einer gemeinsamen Butterfahrt, ist ja kein Heiratsantrag. Doch schon fasst sie mich am Ärmel und zieht mich über die Straße.

»Es ist Grün, lassen Sie uns erst einmal aus dem Wind gehen«, entscheidet sie wieder resolut. Drüben angekommen, scheint sie mit sich im Reinen zu sein. Sie schiebt mich in den Windschatten von einem Häuservorsprung und lächelt nun ganz breit.

»Wie *gut*, Frau Friese, dass wir uns treffen. Sie erleichtern mir meine Lage. Dürfte ich Sie wohl um eine Gefälligkeit bitten?«

Gefälligkeit? Nanu?

»Um was geht es denn?«

»Ich habe Ihnen doch von meinem Enkel erzählt. Er wohnt hier in der Nähe, und, nun ja, ich wollte einmal bei ihm vorbeischauen, weil ...« Jetzt fehlen ihr die Worte, Hilfe suchend schaut sie auf den Fußgängerüberweg, als würde von da die Erklärung kommen. Ich versteh gar nichts mehr. Freiwillig will sie zu dem Lümmel hin?

»Ich dachte, der pumpt Sie immer an. Sind Sie nicht extra mit ans Meer gefahren, um ihm *nicht* zu begegnen?«

»Ja, ich weiß, es ist nicht logisch, vielleicht ist es ja auch ein Fehler. Deshalb freue ich mich ja auch so, dass ich Sie getroffen habe. Er ist nun einmal mein Enkelsohn. Und ich mache mir Sorgen.«

»Sorgen? Hat er Sie in diesem Monat noch nicht geschröpft?«, frage ich spöttisch. Ist vielleicht ein bisschen unverschämt, aber mir ist kalt, und was geht mich ihr Enkel an?

»Geschröpft? Immer direkt, Frau Friese, haha«, quält sie sich ein Lachen ab. Ich werde ein wenig rot, also, das ist mir nun unangenehm. Du kannst auch nicht deine Klappe halten, Waltraud. Frau Schumacher ist doch so eine gepflegte Dame. Aber ehe ich mich entschuldigen kann, fährt sie fort:

»Dabei haben Sie ja sogar recht, woher wussten Sie das nur?«

Auch jetzt lässt sie mir keine Zeit zu antworten.

»Ich nehme an, ich hatte Ihnen erzählt, dass er bei seinen monatlichen Besuchen sehr zuverlässig ist. Ich habe es mehrmals so eingerichtet, dass ich ein paar Tage nicht erreichbar war. Nur hat mir das am Ende nie geholfen. Er hat mir, nun, ich muss es so formulieren, regelrecht aufgelauert.«

»Und jetzt wollen Sie zu dem nach Hause? Ihm das Geld vorbeibringen?«, unterbreche ich sie etwas heftig.

»Er hat mir sogar auf den Anrufbeantworter gesprochen«, übergeht sie meinen Einwurf. »Ich habe es in den letzten zwei Jahren noch nie erlebt, dass er einen Termin nicht eingehalten hat, einen Termin, von dem er sich etwas versprochen hat, meine ich.«

Ich sehe sie skeptisch an.

»Vielleicht ist er spontan in Urlaub gefahren, freuen Sie sich doch einfach, dass er wegbleibt.«

»Urlaub? Ohne mich um Reisegeld anzugehen? Nein, Frau Friese. Da stimmt etwas nicht, und wie ich erwähnte, ich mache mir Sorgen, er ist trotz allem mein Enkel.«

Sie zuckt die Achseln.

»Ich habe einen Schlüssel zu seiner Wohnung. Ich dachte, ich sehe dort einmal nach dem Rechten. Aber …«, jetzt lächelt sie verlegen, »ich laufe nun schon seit zwanzig Minuten durch die Straßen und traue mich nicht hinauf. Nicht alleine. Bitte, Frau Friese, kommen Sie mit. Er wird Ihnen nichts antun, er will nur mein Geld, sonst ist er friedlich. Ganz bestimmt.«

Ich zögere, erinnere mich, dass sie am Meer etwas anderes erzählt hat. Hat sie nicht sogar Angst vor dem? Und jetzt soll ich da mit hin? Was geht mich das alles an? Soll ich mich wirklich darauf einlassen? Schon fasst mich Frau Schumacher an der Schulter und schiebt mich vorwärts. Na gut, die Richtung stimmt, da muss ich sowieso hin.

»Wo wohnt er denn?«

»In der Celler Straße 76.«

Roman! Oh nein! Nicht Roman! Das kann nicht!

Da will ich nicht hin. Ich will stehen bleiben, will abwehren, schreien: Der ist aus dem Fenster gefallen!

Doch zu meinem größten Erstaunen höre ich mich sagen: »Das ist auf meinem Weg.«

Was ist los mit dir, Waltraud, bist du lebensmüde?, schreit es in mir, während wir langsam weitergehen. Meine Gedanken überstürzen sich.

Geh da nicht hin!

Aber es ist niemand zu Hause.

Ich will dem Blonden nie mehr begegnen.

Seit Tagen guckst du rüber, die Wohnung ist leer.

Wenn dich jemand sieht. Du wohnst hier, Frau Schumacher ist nachher wieder weit weg.

Es ist Vormittag, die Leute aus dem Haus sind zur Arbeit. Wir brechen da ja nicht ein, Frau Schumacher hat den Schlüssel, wer merkt schon, dass wir da reingehen. Und die Wohnung ist leer. Wir riskieren nicht wirklich etwas.

»Wer achtet schon auf eine alte Frau, die durch die Straßen schlendert?«, hat Frau Groote gestern gesagt. Gebe der Himmel, dass sie recht hat.

Nur, müsste ich Frau Schumacher nicht sagen, was ich weiß?

Nein, wie stellst du dir das vor?

»Ach übrigens, Frau Schumacher, der Roman, so heißt er doch, ihr Enkel, nicht wahr, der ist tot, aber es gibt keine Leiche, und es glaubt mir auch niemand.« Nein, geht doch nicht.

Müsste ich denn Frau Schumacher nicht wenigstens warnen? *Irgendwas* erklären? Aber ist sie wirklich ahnungslos? Ich werde das Gefühl nicht los, dass die Frau viel mehr weiß, als sie sagt.

Während wir uns der Wohnung nähern, kämpfen Angst und Neugier weiter in mir.

Ich will endlich mehr wissen. Dazu bietet mir Frau Schumacher die unauffälligste Möglichkeit, ein bisschen herumzuschnüffeln.

Das kann *das* bisschen zu viel sein.

Der Fußweg ist so zugeparkt, dass wir nur hintereinandergehen können. Das macht ein Gespräch unmöglich, und so kann ich meine Verwirrung ganz gut verbergen.

Zugleich ist mir klar, dass alles schon längst entschieden ist, ich lasse mich wieder benutzen, es geschieht mir wieder, aber dieses Mal merke ich es und bin einverstanden.

Als Frau Schumacher die Haustür aufschließt, denke ich:

Jetzt piksen wir zwei Omas da mitten rein in ein Wespennest. Hoffentlich kommen wir ohne Stiche davon.

Etwas in mir wispert: Wenn schon, solange du noch was spürst, bist du noch nicht tot.

Unwillkürlich schleichen wir die Treppe hoch, reden kein Wort. Das Haus ist still. Kein Radio, kein Staubsauger, nichts. Keiner zu Hause, das spürt man. Trotzdem werden mir langsam die Knie weich, und das liegt nicht an den drei Stockwerken. Mir scheint, auch Frau Schumacher ist unsicher. Ich sehe, wie sich ihre Hände um den Schlüssel verkrampfen. Als wir oben sind, verschnaufen wir erst einmal. Lauschen. Nichts, kein Ton. Frau Schumacher drückt energisch auf die Klingel. Das schrille Gebimmel zerschlägt die Stille. Wir warten ein paar Atemzüge.

»Na gut«, flüstert Frau Schumacher und steckt den Schlüssel ins Schloss. Ich habe mich hinter ihr gegen die Wand gelehnt und halte den Atem an. Ich weiß, da ist niemand, und zugleich fürchte ich, dass der Blonde zur Tür herausgeschossen kommt. Frau Schumacher hat ihre Angst offenbar überwunden. Sie ruft in die Grabesstille hinein: »Hallo, Roman, juhu, ich bin's, Omi Schu!«

Erschrocken lege ich die Hand auf meinen Mund, als ob ich damit ihren Ruf zurücknehmen könnte.

Waltraud, die Wohnung ist leer.

Frau Schumacher winkt mir und geht stracks durch den schmalen Flur. Also gut, mitgegangen, mitgefangen, Waltraud, oder willst du allein hier im Treppenhaus stehen? Nur das nicht.

Puh, riecht nicht nach Ambrosia in der Wohnung. Es muffelt heftig. Alle Türen stehen auf, Küche, Bad, zwei Zimmer, ähnlich wie meine Wohnung. Aufgeräumt ist es hier, wundere ich mich. Ich merke, dass ich ein wüstes Durcheinander erwartet hatte, aber nein, der Junge hat auf Ordnung gehalten.

Frau Schumacher bleibt in der Küche stehen und scheint zu überlegen. Ich sehe aus dem Fenster und schaue genau in meine eigene Küche. »Da drüben, da wohne ich«, platze ich raus.

»Was?« Frau Schumacher dreht sich wie elektrisiert zu mir um. »Sie wohnen *hier*? Sie sind Nachbarn?«

Misstrauisch schiebt sie die Augenbrauen zusammen. »Warum haben Sie mir das nicht gesagt?«

»Wann denn?«

Sie nickt, will noch etwas sagen, schweigt aber und schaut sich wieder um.

Ich kann mich vom Anblick meiner Wohnung nicht losreißen. Man kann den Herd sehen, den Schrank. Würde man auch mich sehen, wie ich dort stehe, wenn man gerade jemanden aus dem Fenster geworfen hätte? Ich erschaudere. Man würde.

Ich wende mich schnell ab. Tu was, Waltraud, wozu bist du hier?

Hier in der Küche stinkt es. Doch auf dem Tisch liegen nur Krümel, alles ist sauber. Wo kommt der Gestank her?

Wahrscheinlich vom Mülleimer. Igitt. Frau Schumacher öffnet eine Schranktür. Sie wirft einen forschenden Blick hinein, und klapp, Tür zu, nächste auf.

»Was suchen Sie?«, frage ich erstaunt.

»Irgendetwas, das darauf schließen lässt, was mit Roman geschehen ist.«

Wie sollen dir das die Kochtöpfe sagen?, denke ich, aber ich halte diesmal den Mund. Dann doch eher der Kühlschrank. Ich mache ihn auf.

Meine Güte! Was für Zeugs! Der Junge hat den ganzen Kühlschrank voll mit Essen. So voll war meiner nicht mal zu Zeiten Hans-Georgs. Aber die Wurst hat Salzflecken und wellt sich, die Paprika ist verschrumpelt, dazu eingepackte Sachen, Bierflaschen. Puh, es riecht nach saurer Milch. Aber einiges ist sicher noch brauchbar.

»Sehen Sie, Frau Friese, wenn Roman in Urlaub wäre, hätte er doch nicht den Kühlschrank voller Lebensmittel. Ich fürchte, der Junge ist nicht freiwillig fort.«

Wäre es jetzt nicht an der Zeit, die Wahrheit zu sagen? Ich traue mich nicht.

Ich werfe einen letzten Blick auf meine Wohnung, schaue kurz am Haus hinunter. Oh, bewegt sich da die Gardine im Zweiten? Ich weiche zurück. Lieber Gott, nicht dass die Berger mich hier erkennt. Dann weiß es morgen die ganze Stadt.

Ich schlendere ins Wohnzimmer, während Frau Schumacher eilig ins Bad geht.

»Ist alles hier«, ruft sie. »Zahnbürste, Rasierzeug.«

Ich höre, wie sie auch im Bad Türen öffnet.

Wozu noch? Was sucht die Frau eigentlich? Der geht es doch gar nicht um Roman.

Schon stürzt sie hektisch an mir vorbei ins Schlafzimmer, sie nimmt mich kaum wahr, ihr Blick ist fahrig, rote Flecken überziehen ihre Wangen.

Was geht hier vor?

Was tue ich hier eigentlich? Was geht mich der Roman an? Ich will hier raus.

Rums! Was war das? War das im Treppenhaus? Nein, Waltraud, das ist Frau Schumacher, die Omi Schu, liebe Güte, Omi Schu! Die wühlt nun im Schlafzimmer herum.

Ich sollte gehen, noch ist nichts passiert, es sei denn, da war eben die Berger am Fenster, dann, ja, dann sitzt du in der Tinte, liebe Waltraud. Das kommt davon, wenn man so neugierig ist.

Ach was, du bist nervös. Es war niemand, und wenn, wer sagt, dass sie gerade hier nach oben geschaut hat. Gesehen habe ich sie nicht. Besser, du gehst zusammen mit Frau Schumacher hier wieder raus – wenn uns jemand sieht, ist das vielleicht sicherer. Immerhin hat die ein Recht, hier zu sein. Ob das den Blonden abhielte? Ich fürchte, nein. Aber es ist, wie es ist. Mitgegangen, mitgefangen, mitgehangen. Ich seufze tief auf. Bleib ruhig, Waltraud. Jetzt bist du drin in dem Schlamassel.

Unsicher setze ich mich in einen Sessel. Oh, der ist bequem, auch nicht billig. Ich fahre über die schön geschwungenen Armlehnen. Überhaupt, diese Wohnung ist keine schlichte Studentenbude oder die eines armen Arbeitslosen, der Fernseher ist riesig und sieht neu aus. Allerlei technische Geräte stehen herum, ein Computer natürlich auch. Feine Möbel hat der Roman, modern, viel Stahl, aber mit Geschmack. Kein Wunder, dass er seine Oma um Geld angehen muss. Irgendetwas fehlt. Was nur? Ich lasse mein Wohnzimmer vor meinem inneren Auge vorbeilaufen. Was fehlt? Ach ja, Bücher. Ich öffne wieder die Augen. Nein, kein Regal, kein Buch. Ob er die im Schlafzimmer hat? Glaub ich nicht. Wie kann es Leute geben, die nicht lesen? Irgendwie tut er mir plötzlich leid.

Was macht Frau Schumacher nur so lange? Ich stehe auf und gehe langsam rüber zum Schlafzimmer.

Sie kniet auf dem Boden, mit dem Rücken zu mir. Neben ihr liegt ein Stoffbeutel, der ziemlich dick aussieht. Ist ihr was unters Bett gerutscht? Nein, sie hat das Nachtschränkchen zur Seite gerückt, das war wohl das Gerumpel eben. Jetzt kramt sie da an der Mauer an der Dachschräge.

Was macht die da? Die will doch nicht die Tapete abreißen?

Sie hat mich nicht gehört, dabei bin ich doch kein Leichtfuß. Peinlich, was mache ich nur? Zurückschleichen geht doch auch nicht.

»Sollen wir nicht mal wieder gehen?«, frage ich, weil ich da nicht so stehen und sie beobachten will.

Sie fährt herum wie ein ertapptes Kind, knallrot im Gesicht.

»Oh, was?«, fragt sie verwirrt.

Ich glaube, die hat mich total vergessen.

»Was? Was sagten Sie?«

Sie versucht, die Wand zu verdecken, aber es muss ihr klar sein, dass das jetzt ziemlich albern ist. Sie atmet tief durch, ihr Gesicht sieht nicht mehr aus wie ein Puter vor dem Kollern.

»Oh, Frau Friese. Äh … Ja, wir gehen gleich.«

Geschickt verbirgt sie das, was da hinter dem Nachtkästchen war. Jetzt gucke ich genau hin, da ist ein Stück Tapete lose. Ein Türchen? An der Wand? Schau an. Muss ein alter Kamin sein, aus dem sie was rausholt. Aber da ist doch gar kein Platz für einen Kamin.

Was hat sie da in der Hand? Sieht aus wie eine Schachtel. Medikamente, schießt es mir durch den Kopf. Aber in einem alten Kamin in der Wand?

Keine Zeit, weiterzudenken. Sie hat sich gefangen.

»Sie könnten mir helfen, Frau Friese. Würden Sie bitte in der Küche die haltbaren Lebensmittel zusammensuchen, es muss ja nicht noch mehr verderben. Sie können sich gerne etwas mitnehmen, für mich alleine wäre es ja zu viel.«

Aha, schickst mich weg, sodass du deinen Kram hier fertig packen kannst, und damit ich die Klappe halte, bestichst du mich mit Lebensmitteln.

Gehe ich jetzt einen Schritt vor und gucke, was sie da hat? Oder lasse ich mich wegschicken?

Ich zögere. Flehend sieht sie mich an. Geh weg, sagt ihr Blick, bitte geh. Aber ich stecke mit drin. Dann will ich auch genau wissen, was es ist.

Vielleicht ist es besser, du weißt nicht alles.

Eines ist sicher: Dies hier hätte ich besser nicht gesehen.

Nur Sekundenbruchteile sind vergangen, man denkt ja so schnell. Ich drehe ich mich um und gehe in die Küche.

Wenigstens kann ich mir was mitnehmen. Henkersmahlzeit, schießt es durch meinen Kopf. Nee, nee, Waltraud, was machst du für einen Mist.

Zu spät. Neugier bringt die Katze um.

Ich bin keine Katze. Wütend lade ich den Inhalt des Kühlschranks auf den Tisch. Ich finde eine Mülltüte und werfe die verdorbenen Sachen hinein. Frau Schumacher hat recht, es ist noch genug übrig, um eine mittlere Familie zwei Tage lang zu ernähren, und ich greife dreist zu. Wennschon, dennschon.

Als Frau Schumacher nach ein paar Minuten in die Küche kommt, ist sie ganz entspannt, als wäre eben nichts geschehen. Sie hilft mir schnell beim Sortieren. Nur einmal stutzt sie, als sie den großen Küchenschrank durchstöbert.

»Hundefutter?«, murmelt sie. »Was wollte der denn mit Hundefutter?«

Wollte? Sie muss wissen, dass Roman tot ist. Sonst würde sie sich doch nicht so unbeschwert bedienen. Dann kann ich es ihr auch sagen. Während wir einpacken, schaue ich auf meine tätigen Hände und erzähle ihr, was ich gesehen habe.

Sie schweigt sehr lange, arbeitet weiter.

Aber ihre Stimme zittert, als sie endlich antwortet.

»So etwas habe ich erwartet, Frau Friese.«

13

Meine Angst vor dem Blonden lodert wieder auf mit der Erinnerung. Ich halte es keine Minute länger in dieser Wohnung aus. Horche auf jedes Geräusch.

»Frau Schumacher, es ist bis jetzt gut gegangen, wir sollten unser Glück nicht auf eine zu harte Probe stellen. Bitte, gehen wir.«

»Aber hier ist noch so viel – wenn das verdirbt.«

Sie deutet auf den Küchenschrank, auf die Packungen mit Reis und Nudeln und was weiß ich für Sachen.

»Frau Schumacher«, dränge ich. »Wir können das doch sowieso nicht alles tragen. Sie können doch wiederkommen.«

»Aber allein habe ich Angst«, flüstert sie.

»Ich habe auch *mit* Ihnen Angst, Frau Schumacher, wir sind zwei alte Frauen, wir haben gegen diesen jungen Burschen doch keine Chance.«

Während ich zwei Plastiktüten mit Lebensmitteln greife und zur Tür haste, blaffe ich sie an:

»Und Sie sind mir eine Antwort schuldig, was hier eigentlich vorgeht, das ist Ihnen ja wohl klar.«

Stumm folgt sie mir.

»Wir gehen zu mir rüber«, entscheide ich auf der Treppe. »Da können wir ungestört reden.«

Schweigend schleppen wir unsere Beute die drei Stockwerke runter. Ich will gerade die Haustür öffnen, da höre ich draußen Gebell und eine Stimme:

»Platz, Wotan! Du wartest hier.«

Eine junge Stimme, eine junge Männerstimme.

Nein!

Wir erstarren.

Hilfe! Wohin?

Frau Schumacher reißt die Kellertür auf und schiebt mich hastig die Treppe runter. Schnell ist sie ja, die Omi Schu! Zwei Stufen kann ich erkennen, dann wird es dunkel. Aber das muss reichen. Ich lehne mich schwer atmend gegen die kalte Mauer.

Frau Schumacher hat die Klinke noch in der Hand, zieht die Tür bis auf einen Spalt zu, weiter kommt sie nicht, denn wir hören einen Schlüssel im Schloss. Die Haustür schwingt auf, fast zieht der Wind die Kellertür mit auf, aber Frau Schumacher hält fest.

Das muss er doch sehen!

Ich halte den Atem an. Kalter Schweiß steht auf meiner Stirn.

Zähne, klappert nicht so laut!

Schnelle Schritte auf der Treppe über uns.

Stumm lauschen wir. Ist der immer noch nicht oben? Der kann doch nicht so lange brauchen. Sicher hat er was gemerkt und wartet jetzt im Treppenhaus! Mir wird schummrig. Meine Knie zittern. Atmen, Waltraud! Puh!

Vorsichtig atme ich aus, wusste gar nicht, dass ich so lange die Luft anhalten kann.

Es kommt mir vor wie eine Ewigkeit, aber schließlich hören wir das Klappen der Wohnungstür ganz oben.

»Los, weg hier«, zischt Frau Schumacher und stößt die Kellertür auf. Im Nu sind wir draußen.

»Nicht rennen!«, faucht sie mich an.

Die kann gut reden. Aber recht hat sie. Ich zwinge mich, die paar Schritte bis zum Pförtchen langsam zu gehen. Als wir erst mal auf dem Bürgersteig sind, fühle ich mich etwas sicherer. Ich werfe einen scheuen Blick nach oben, aber ich erkenne nichts. Ist zu hoch.

So schnell es geht, ohne allzu sehr aufzufallen, hasten wir um die Ecke und zu meiner Wohnung. Die Tüten ziehen an meinen Armen, war ich wohl doch etwas gierig, aber jetzt ist es zu spät, ich lasse das gute Zeug nicht stehen.

Ich gönne mir keine Pause, im zweiten Stock schnappe ich nach Luft, wie ein Fisch auf dem Trocknen. Sind da Schritte bei Bergers an der Tür? Nur weiter, jetzt bitte kein Gespräch mit der Frau. So schnell war ich noch nie im dritten Stock. Mein Atem rasselt, der Schweiß läuft mir über den Rücken, und vermutlich bin ich genauso puterrot im Gesicht wie Frau Schumacher, die mit offenem Mund Atem holt. Der Schlüssel, wo ist er? Mir zittern die Finger, und knall, fällt der Schlüsselbund auf den Boden. Ächzend hebe ich ihn auf, ich möchte am liebsten heulen vor Angst und Anstrengung. Aber dann sind wir in der Wohnung. Klapp. Die Tür fällt ins Schloss. Zu Hause! Ich bin sicher zu Hause.

Ich lasse die Tüten im Flur fallen, schiebe Frau Schumacher ins Wohnzimmer.

»Nicht in die Küche jetzt«, raune ich ihr zu.

Sie nickt nur und lässt sich aufatmend aufs Sofa plumpsen. Ich falle erschöpft in den Sessel, halte mir die Seite, die böse sticht. Das war verdammt knapp.

Puh, was stinkt hier so? Der Müll!

»Sie haben den Müll mit hochgebracht!«

Wir sehen uns einen Augenblick in die geröteten Gesichter, und plötzlich brüllen wir beide los vor Lachen.

»Müll!«, schreit Frau Schumacher. Sie biegt sich kreischend, und ich schlage mit beiden Fäusten auf meine Schenkel.

Haha! Wir Alten retten sogar den Müll!

Oh, mein Bauch, Hoooh!

Die Lachtränen laufen mir übers Gesicht. So langsam bleibt mir die Luft weg. Ich wimmere nur noch ein leises Hihii. Aber jedes Mal, wenn wir uns ins Gesicht sehen, fängt eine von uns wieder an und prustet los. Liebe Güte, kann Lachen anstrengend sein.

»Jetzt«, jappe ich schließlich »mache ich uns doch einen Kaffee, ich wohne schließlich hier.«

»Puh! Und den Dreck bringe ich jetzt erst mal in den Abfalleimer, der stört hier.«

Mühsam stehe ich auf, muss wieder kichern, nein, Waltraud, nun muss mal gut sein. Ich stöhne.

»Sie bleiben besser hier. Der muss Sie ja nicht sehen.«

In der Tür wende ich mich noch einmal um.

»Kennt der Sie?«

Sie schüttelt den Kopf.

»Nicht dass ich wüsste, ich habe ihn auf jeden Fall noch nie gesehen. Aber was weiß ich, was Roman erzählt.« – »… hat«, schiebt sie nach, jetzt wieder ganz ernst.

»Ja«, seufze ich und gehe in die Küche. Ich werfe einen vorsichtigen Blick hinüber, aber ich kann niemanden sehen.

Eilig werfe ich die Kaffeemaschine an, fühle mich in meiner eigenen Küche wie auf dem Präsentierteller. Nein, das ist nicht gut so, ist doch meine Wohnung. Vorhänge, Waltraud, ermahne ich mich erneut.

Ich stelle die Tassen, den Zucker und das Milchkännchen auf den Tisch. Und Kuchenteller, entscheide ich, denn bei den ganzen Lebensmitteln war auch ein Kuchen. Den haben wir uns jetzt verdient.

Mir zittern noch immer die Beine vor Anstrengung, als ich das Tablett mit dem Geschirr und der Kaffeekanne ins Wohnzimmer trage.

Als ich den Kuchen anschneide, muss ich wieder kichern.

»Waltraud«, sage ich spontan. »Ich heiße Waltraud.«

Frau Schumacher grinst mich fröhlich an, wie ein Mädchen, das ’nen Lolli geklaut hat.

»Anita.«

Sie prostet mir mit der Kaffeetasse zu.

Plötzlich schrecke ich auf.

»Wotan. Wo war denn Wotan?«

Verständnislos sieht sie mich an.

»Wer ist Wotan?«

»Der Hund. Da war doch ein Hund, haben Sie, äh, hast du den nicht bellen hören?«

»Ach ja. Ein Glück, sonst wären wir dem Burschen glatt in die Hände gelaufen.«

Sie überlegt einen Augenblick, dann lacht sie plötzlich laut auf.

»Weißt du, Waltraud, was ich gerade denke? Vielleicht hätte der Mann uns überhaupt nicht weiter beachtet. Schließlich kennt er uns nicht. Da wären eben zwei alte Frauen aus dem Haus gekommen. Mehr nicht. Und wir haben uns so verschrecken lassen.«

»Er hätte sich sofort an uns erinnert, wenn er sieht, dass jemand in der Wohnung war.«

»Wirklich? Glaubst du?«

Verblüfft sehe ich sie an. Hätte er? Ich denke an mein Gespräch mit Frau Groote.

»Nur – wenn er mich an dem Morgen hier erkannt hat, dann … Also, mir ist es lieber so.«

Mir geht der Hund nicht aus dem Kopf. Ist das wichtig? Wir können froh sein, dass da keiner war. Zu dem Blonden würde so ein Kampfhund passen. Dem wäre ich nicht gerne begegnet.

Mein Blick fällt auf Anitas prall gefüllte Handtasche. Lebensmittel sind da keine drin. Schluss mit lustig.

»Jetzt wird es Zeit für eine Erklärung, Anita, findest du nicht?«

»Ja«, seufzt sie. »Ich gebe zu, darauf hast du nun ein Anrecht.«

Aber erst sieht es nicht so aus, als wollte sie mit der Geschichte rausrücken, erst muss der letzte Kuchenkrümel aufgestippt werden, ein Schluck Kaffee hinterher.

Lass ihr Zeit, Waltraud, drängeln bringt nichts.

»Mein Enkel ist ein Dealer,« fängt sie zögernd an. »Ich dachte, dass er nur Tabletten verkauft, aber wie ich vorhin gesehen habe, ist das nicht das Einzige. Ich kenne mich nicht so gut aus, aber ich bin sicher, dass dieses weiße Pulver Heroin ist.«

Mit erstaunlicher Ruhe öffnet sie ihre Handtasche und wuchtet einen schweren, versiegelten Plastikbeutel auf den Tisch.

»Ich tippe darauf, dass das vier bis fünf Pfund sind«, erklärt sie geradezu idiotisch sachlich. »Hast du eine Waage?«

Ich glotze entgeistert auf den Beutel, ich wage nicht, ihn anzufassen. Heroin? Dieses Teufelszeug? Sieht so harmlos aus wie Puderzucker oder Mehl. Auf meinem Kaffeetisch neben dem guten Geschirr.

»Tu das weg, das will ich hier nicht liegen haben.«

Sie sieht mich etwas irritiert an.

»Es ist gut verpackt, keine Sorge, da geht nichts verloren. Dazu ist das viel zu wertvoll.«

Als ob ich das nicht wüsste, aber darum geht es doch gar nicht.

Anita zuckt die Achseln und packt den Beutel wieder in ihre Handtasche. Was sie da sonst noch drin hat, wage ich nicht zu raten. Ich erinnere mich an ihren Stoffbeutel, der lehnt jetzt neben ihrem Stuhlbein, ich erkenne mit schnellem Blick, dass der auch randvoll ist.

»Hast du etwa das ganze Lager ausgeräumt?«, platze ich raus, kann meine Bewunderung nicht unterdrücken.

»Nun ja, es ist wertvoll, wie ich eben sagte«, antwortet sie ein wenig steif. Mit offenem Mund starre ich in ihr scheinbar ruhiges Gesicht. Die hat Nerven! Tut so, als würden wir über Herrensocken reden.

Rasend schnell erfasse ich, warum der Blonde immer wieder zurückkommt. Die Dealer suchen den Stoff, den ihnen Omi Schu nun vor der Nase weggeschnappt hat.

Unfassbar!

»Du bist verrückt!« Ich schnappe wieder nach Luft. »Fantastisch!«

Wieder brülle ich los vor Lachen. Erst grinst sie unverschämt, dann platzt auch sie wieder heraus.

»Wahnsinn!«, stammele ich zwischen Lachseufzern. »Klaut die denen die Ware!«

Jetzt verstehe ich, warum sie so schwer geschleppt hat. Wie viel Kilo sind wohl noch in dem Beutel? Will ich das wirklich wissen?

Langsam werden wir wieder ernst. Ich bin nicht naiv, ich weiß, wie gefährlich das alles ist, zugleich spüre ich aber auch eine tiefe Befriedigung.

»Woher wusstest du denn um Himmels willen, wo das Versteck ist, der Blonde hat doch sicherlich alles gründlich durchgesucht.«

»Das Haus gehörte meinen Eltern. Ich bin dort drüben groß geworden. Jetzt ist es im Besitz meiner Tochter, Romans Mutter. Ich kenne jedes Versteck in diesen Räumen. Meine Eltern waren sehr streng, sie haben mir immer verboten, Kitschromane zu lesen. Oder das, was sie dafür gehalten haben. Ich brauchte für so manches ein todsicheres Versteck.«

Sie lächelt ein wenig wehmütig, verliert sich in Erinnerungen. Ich räuspere mich.

»Weiter, Anita.«

Sie fährt fort:

»Du hast ja gesehen, dass sich die Dachschräge weit nach unten zieht, und aus mir unbekannten Gründen hat es dort immer eine kleine Lücke in der Wand gegeben. Vielleicht ist dort einmal ein Stein herausgefallen, ich weiß es nicht. Natürlich war das mit Tapete überklebt. Ich habe es durch Zufall entdeckt, da war ich sechzehn.« Jetzt lacht sie schelmisch. Ich sehe sie vor mir als junges Mädchen, mit dem gleichen spitzbübischen Grinsen, wie sie Herz-Schmerz-Romane verschlingt.

»Der Hohlraum dahinter ist nicht groß, reicht jedoch für einige Schätze. Ich habe es über all die Jahre so gelassen. Man kann die kleine Öffnung nur finden, wenn man den Nachtschrank zur Seite rückt. Aber warum sollte das jemand tun, denn man vermutet dort keinen Kamin oder Ähnliches. Und selbst wenn, man muss schon sehr genau hinsehen, wenn man das Türchen erkennen will.«

Ja, ich habe mich auch gewundert, fällt mir ein.

»Trotzdem«, denke ich laut. »Wenn Einbrecher etwas suchen, gehen die ja nicht rücksichtsvoll vor. Ich kenne das zum Glück nur aus Büchern oder Filmen, toi toi toi, aber da sehen die Wohnungen immer aus wie ein Schlachtfeld. Und dann hätten die bestimmt auch das Versteck gefunden. Komisch, dass der Blonde das so aufgeräumt zurückgelassen hat.«

Wir überlegen eine Weile.

»Ich vermute, er weiß nicht, ob sonst jemand Zugang zu der Wohnung hat, und möchte vermeiden, dass die Person misstrauisch wird. Ich würde doch sofort die Polizei rufen, wenn da alles durchwühlt wäre.«

Ich nicke.

»Dann müssten die sich mit der verschwundenen Leiche beschäftigen. Würde die junge Polizistin keine dummen Sprüche mehr machen können.«

Wieder schweigen wir nachdenklich.

»Und jetzt? Müssen wir damit nicht zur Polizei gehen?«, frage ich.

Omi Schu sieht mich an wie ein seltenes Insekt.

»Abgeben? Diese Schätze? Ist das dein Ernst? Das ist genug für ein Häuschen am Gardasee oder auf Sylt oder wohin es mich zieht, oder für Pflegestandard Luxusklasse bis ans Ende meiner Tage, ach, *unserer* Tage, das reicht für uns beide. Das verschenke ich doch nicht.«

Ich glaube, ich höre nicht richtig.

»Aber Anita, selbst wenn es so viel wert ist, dazu musst du es verkaufen. Willst du am Bahnhof auf und ab tippeln mit den Päckchen in der Tasche? Wie lange, glaubst du, geht das gut? Die hauen dir eins über die Rübe, und dann brauchst du wirklich Pflege Spitzenklasse.«

Sie kaut an ihrer Unterlippe.

»Natürlich nicht, man braucht schon die richtigen Kontakte. Das lass nur meine Sorge sein, ich glaube, ich kenne da jemanden.«

Jetzt kriege ich es mit der Angst. Die bringt mich noch in Teufels Küche. So unsichtbar können wir uns gar nicht machen, dass wir da nicht in die Schusslinie geraten. Es hat doch schon gereicht, dass ich Susannes Wagen erkannt habe.

Der Zettel! Schnell stehe ich auf und hole ihn.

»Das war gestern in meiner Zeitung.«

Gestern, war das erst gestern?

»›Halt dich raus, Alte‹. Was soll das?«

»Weißt du etwas über Susanne Neumann?«, frage ich zurück.

»Nein. Wer ist das?« Irritiert betrachtet sie den Zettel. »Hat diese Susanne das hier verfasst?«

Ich erzähle.

»Wenn ich schon so eine Drohung kriege, wo ich noch gar nichts gemacht habe, was meinst du, was passiert, wenn …«

»Vielleicht meint der Absender ja, *dass* du etwas gemacht hast«, unterbricht sie mich heftig.

»Eben drum ist es Selbstmord, wenn ich mich jetzt aufs Dealen verlege oder Heroin in meinem Küchenschrank verstecke. Ich habe nicht so ein Dachversteck.«

Ich starre auf die Dachschräge, als erwarte ich, dass sich dort die Wand auftut. Ich bin verrückt, was passiert mir?

»Waltraud, nun werde nicht panisch, bitte. Ich bin nicht dumm. Ich weiß, dass wir sehr, sehr vorsichtig sein müssen. Aber erst einmal *haben* wir den Stoff, und ich gehe davon aus, dass das niemand weiß, solange wir nicht darüber reden.«

Hektisch lege ich beide Hände über den Mund. Nie, ich schwöre, nie wird ein Wort über meine Lippen kommen.

»Die Polizei können wir immer noch benachrichtigen. Obwohl mir der Gedanke nicht behagt, wie ich gestehen muss. Wir haben ja keine Eile. Wir können in Ruhe planen. Heroin ist ein Teufelszeug, vielleicht müsste man es wirklich vernichten. Die Tabletten allerdings gebe ich nicht gerne her.«

Sie grinst, reicht mir eine kleine Schachtel rüber.

»Willst du mal probieren?«

Ich starre sie ungläubig an und begreife: Sie nimmt die Pillen selbst, daher die unangenehmen Geldforderungen ihres Enkels.

»Omi Schu«, flüstere ich, »*dealst* du etwa auch?«

Wieder lacht sie ihr fröhliches Junge-Mädchen-Lachen.

»Mein Enkel ist seit Jahren im Geschäft, und ich habe viel von ihm gelernt. Was er allerdings nie wirklich begriffen hat, der Dummkopf.«

Ich mache einen letzten Versuch.

»Willst du denn nicht, dass man Romans Tod aufklärt? Dann müssen wir doch zur Polizei gehen.«

»Das macht ihn nicht wieder lebendig. Wenn ich wählen kann zwischen einem sorglosen Lebensabend und der Aufklärung der Todesumstände meines Enkels, dann, Waltraud, bin ich mir näher und wähle das Leben.«

»Das kann verdammt tödlich ausgehen, Anita.«

14

»Nimm das Zeug mit, Anita, ich will das nicht in meiner Wohnung haben.«

»Das ist mir zu viel Schlepperei, ich habe ja noch die Lebensmittel, und ich muss bis ganz nach Walle.«

»Na und? Du läufst doch nicht die ganze Strecke, du nimmst doch die Bahn.«

Aber irgendwie hat sie mich dann doch rumgekriegt. Hat mir einen Teil der Tabletten dagelassen. Das Heroin nicht, das hätte ich ins Klo geschüttet, habe ich ihr erklärt. Darüber konnte sie nur den Kopf schütteln. Ist sie den Umgang mit diesen Drogen denn wirklich so gewohnt, oder spielt die nur mir gegenüber so abgeklärt? Drüben bei Roman war sie alles andere als gelassen. Und auf dem Weg hierher hat sie sich doch auch fast ins Hemd gemacht. Na gut, ich auch, kein Wunder, für mich ist das ja schließlich alles neu. Aber Omi Schu scheint da ja ihre Erfahrungen zu haben, die schluckt diese Drogen sogar. Vielleicht hat sie ja was genommen, als ich den Kaffee gekocht habe. Weiß ich, wie das wirkt?

Vielleicht fühlt sie sich ja auch sicherer so, weil sie Angst hat, dass ich sie anzeige, und so bin ich ja mit dran. Als ob ich noch mal zur Polizei gehen würde. Dazu habe ich gar nicht den Mut.

Muss ich mir nun ein Versteck suchen. So ein Mist, ich lasse mich aber auch auf Sachen ein, nee, nee.

Kopfschüttelnd und leicht ärgerlich sehe ich ihr hinterher, wie sie die Treppe runtergeht, wieder voll bepackt.

Ich will gerade die Tür schließen und in die Wohnung zurückgehen, muss ja nicht warten, ob sie den Ausgang findet. Da höre ich, wie sie höflich »Guten Tag«, sagt.

Nanu?

»Guten Tag«, antwortet Frau Berger.

Was steht die denn einfach so im Treppenhaus rum? Das ist doch kein Zufall.

Diese neugierige Kuh! Hat die doch meinen Besuch abgepasst. Natürlich hat die uns unten gehört, laut genug haben wir ja gekreischt und gelacht. Zugegeben, das ist ungewöhnlich, hört sie sonst ja nie aus meiner Wohnung. Nur, das heißt doch nicht, dass die gleich nachspionieren muss, wer mich besucht. Wo leben wir denn? Einen Blockwart brauchen wir nicht mehr. Ich habe gute Lust, runterzugehen und sie anzumeckern. Aber lenke ich dann nicht zu viel Aufmerksamkeit auf den Besuch? Irgendeine Ausrede findet sie sicher, und besser, ich lasse mich nicht von ihr ins Gespräch ziehen, wer weiß, was mir so rausrutscht. Ich muss mich ja erst in diese Rolle finden, dass ich etwas zu verbergen habe.

Schön ist das nicht. In der Küche fühle ich mich von dem bösen Engel beobachtet, im Treppenhaus lauert ein Spitzel. Waltraud, das gefällt mir nicht, hin ist mein Frieden. Was passiert mir da bloß?

Ich trete ans Fenster, sehe gerade noch, wie Frau Schumacher die Straße überquert und um die Ecke biegt, die schweren Taschen schlenkern an ihren Armen. Ganz schön rüstig, denke ich, so wie die abmarschiert. Ist das nun gut, dass wir uns begegnet sind?

Es liegt immer noch in meiner Macht, diese Tabletten in den Abfluss zu spülen oder ins Klo. Das kann mir niemand verbieten. Warum tue ich das nicht? Ich schiebe die Päckchen hin und her.

Plötzlich klingelt es an der Tür. Nanu? Hat Frau Schumacher etwas vergessen? Hilflos blicke ich auf die Tabletten mitten auf dem Kaffeetisch. Wenn es nun nicht Anita ist?

Liebe Güte, wenn nun der blonde …

Zu dumm, dass ich keine Sprechanlage habe, bisher habe ich sie nicht vermisst, aber jetzt …

Wieder klingelt es, und diesmal kratzt jemand an der Tür. Puh, ist jemand aus dem Haus, es sei denn, der böse Engel ist reingehuscht, als Anita rausging. Kann das sein? Wirre Gedanken rasen durch meinen Kopf, als ich langsam wie ein Dieb zur Tür schleiche. Die Wohnzimmertür hab ich fest zugezogen – als ob das wirklich hilft, wenn es der Blonde ist. Quatsch, Waltraud, das muss doch Frau Schumacher sein, die was vergessen hat.

Ich öffne und – erstarre. Frau Berger steht da mit einem Lächeln, so falsch wie ihre Zähne.

»Entschuldigen Sie, Frau Friese, haben Sie vielleicht ein bisschen Milch für mich, für den Kaffee? Ich habe vergessen einzukaufen, und es regnet wieder, da möchte ich nicht gerne noch einmal vor die Tür. Nur ein Tässchen vielleicht.«

Dabei hält sie mir die Tasse hin wie ein Bettler die Schale. Am liebsten würde ich ihr die Tür ins Gesicht schlagen.

Vergessen einzukaufen! Eine bessere Ausrede fällt der nicht ein? Ist ja geradezu eine Beleidigung, dass sie mir so dumm kommt. Die arbeitet doch im Supermarkt.

Kann ich es riskieren, sie in die Küche zu lassen? Die rennt doch gleich ins Wohnzimmer! Wenn die mal drin ist, findet die auch einen Grund, zu bleiben und rumzuschnüffeln. Aber ich kann sie doch nicht einfach vor der Tür stehen lassen, während ich die Milch hole. Ist doch total unhöflich und auffällig. Kann ich gleich sagen: Ich lasse Sie nicht rein, weil ich Drogen auf'm Kaffeetisch liegen habe. Himmel, gib mir eine Eingebung, was mache ich nur?

Stur steht sie da, einen Fuß praktisch schon auf meinem Flur, und guckt neugierig an mir vorbei, als hätte ich einen Terroristen im Rücken. Ach je, hat Kalli das etwa weitererzählt, und die hat das geglaubt? Alles ist möglich, blöde Kuh. Ich werde wütend, es reicht! Bedräng mich nicht, verdammt!

»Tut mir sehr leid, Frau Berger, ich hab selbst keine Milch mehr. Wie Sie gesehen haben, hatte ich unerwarteten Besuch, und da haben wir alles aufgebraucht.«

So, schluck das, Miststück. Sie reißt die Augen auf, will etwas antworten, aber ich komme ihr zuvor.

»Ich wollte gerade noch einmal zum Mini-Shop und welche holen. Aber wenn es regnet, wie Sie sagen, überlege ich mir das noch mal. Habe ich gar nicht mitgekriegt, dieses Wetter wieder, ist ja wie im April, jeden Tag anders. Tut mir leid, Frau Berger, müssen Sie unten mal fragen. Tschüs.«

Rums! Zu die Tür!

Ich halte die Hand vor den Mund, weil ich so gerne losprusten möchte. Ha, der hab ich's aber gegeben. Wenn ich will, kann ich Leute auch totquatschen, ihr werdet mich noch kennenlernen, was glaubt die eigentlich, wer sie ist? Die Stasi?

Jetzt verstaue ich erst mal diese Pillen. In die Plastiktüte und ab in den Kühlschrank, ins Gefrierfach, bis mir was Besseres einfällt. Ob die die Kälte abkönnen? Ist mir egal. Alles andere ist voll, wenn ich die Lebensmittel von Roman wegräume. Sollen ja nicht vergammeln. Wäre schade drum. Das gefällt mir besser als diese Drogensache.

Erschöpft falle ich in meinen Sessel. Mein Herz schlägt wie wild. War ganz schön anstrengend, dieser Tag. Wie still es ist in der Wohnung. Doppelt so still wie sonst.

Geht das überhaupt, doppelt so still, Waltraud? Still ist still, oder nicht? Verträumt sehe ich zum Sofa hinüber. Da hat vorhin Anita gesessen, Omi Schu mit ihrer unglaublichen Fröhlichkeit. Wann habe ich zuletzt so viel gelacht? Klar, das war auch die Erleichterung, dass wir dem Blonden so knapp entkommen sind, schon eine Art Galgenhumor. Aber nicht nur.

Ich bin so hin und her. Da ist ja nicht nur dieses Lachen, dieses gemeinsame Kuchenessen, Besuch haben, nicht alleine sein, da sind ja auch diese Tabletten. Da ist der böse Engel, der den Roman aus dem Fenster geworfen hat. Und jetzt ist da auch noch diese neugierige Frau Berger. Nachdenklich drehe ich den Zipfel der Tischdecke um den Finger. Wie soll ich das nun verstehen? Ich kichere unvermittelt, als ich sie mir wieder vorstelle mit der Tasse in der Hand. Zu schade, dass ich ihr Gesicht nicht sehen konnte, als sie vor der verschlossenen Tür stand. Soll ich die Groote fragen, ob sie sie wegen der Milch geklingelt hat? So eine dämliche Ausrede!

Das Kichern bleibt mir im Hals stecken. Etwas stimmt da nicht. Die Berger mag ja nicht die Hellste sein, aber so dumm ist selbst die nicht. Noch nie in all den Jahren hat die sich von mir was leihen wollen. Na gut, Waltraud, kann passieren. Und so unfreundlich, wie das Wetter heute war, gut, wäre ich auch nicht gerne noch mal in den Regen rausgegangen. Nur …

Ich sehe raus und *sehe*. Die Straße ist trocken.

War vielleicht nur ein Schauer. Nein, Waltraud, erinnere dich. Du hast Omi Schu noch hinterhergeguckt. Es hat nicht geregnet.

Was bedeutet das? Wenn sie so offen lügt, dann hält sie mich entweder für senil, oder sie zeigt mir: Hallo, Alte, ich weiß, dass du was weißt. Hat sie mich vielleicht doch oben bei Roman am Fenster gesehen? Das wäre verdammtes Pech.

Plötzlich wird mir ganz eng um die Brust. Was ist das für ein Haus? Wer hat hier denn *nicht* mit dieser Geschichte zu tun? Ich sitze hier ganz oben, und immer wenn ich die Wohnung verlasse, muss ich an ihnen vorbei: an Kalli, der auffällig neugierige Fragen stellt, an Frau Groote, die die Susanne vielleicht besser kennt, als sie zugibt, an Herrn Berger, der gesprächig wird, weil ich Susannes Auto kenne, und jetzt auch seine Frau, die sich nicht scheut, offen zu lügen, um mir zu zeigen, dass sie Bescheid weiß.

Wo bin ich da hineingeraten? Ist denn das ganze Haus ein Drogenkartell? Ach was, das ganze Haus – die ganze Straße?

Schmeiß die Tabletten weg, Waltraud, lass doch das Geld, du hast doch genug zum Leben.

Zu spät, meine Liebe, mitgegangen, mitgefangen, mitgehangen.

Die Angst meldet sich ganz langsam, mein Magen zieht sich zusammen, meine Hände fangen an zu zittern. Ich möchte es herausschreien: Ich will damit nichts zu tun haben! Aber ich kann nicht mal flüstern. Ich wehre mich dagegen, aber das Entsetzen packt mich jetzt mit voller Wucht. Ich presse beide Hände vor den Mund, halte den Atem an.

Angst! Angst! Angst!

Nichts passiert, Waltraud, nichts wird passieren, keiner tut dir was, bleib auf dem Teppich. Beruhige dich, gaaanz ruhig, Waltraud.

Ruf die Anita an, die wird dich beschwichtigen mit ihrer unbekümmerten Art. Nein, besser nicht, wer weiß, vielleicht wird deren Telefon abgehört.

Nun spinn mal nicht, seit wann leidest du unter Verfolgungswahn?

Seit ich was zu verbergen habe. Misstrauisch macht mich das. Ich rede sowieso zu viel, ich hätte nie der Groote etwas erzählen sollen, das ist doch eine Fremde, kann doch verwickelt sein. Wer weiß, warum Susanne der die Wohnung vermittelt hat. Gegenüber von Roman.

Lange starre ich auf den Fußboden, die Beklemmung löst sich allmählich, ich kann wieder etwas freier atmen.

Angstattacken sind ein hoher Preis für ein Kaffeekränzchen, denke ich plötzlich.

Sind doch nichts für eine alte Frau, diese Drogengeschichten. Weiß man doch, dass die nicht lange fackeln. Hör auf damit, die Groote hat gesagt, es wäre mir schon längst etwas passiert. Stimmt, aber rückt es nicht näher, nun, wo wir die Drogen geklaut haben?

Mach dich nicht verrückt, Waltraud. Hör auf.

Denk logisch, Waltraud, das hilft dir gegen die Angst. Woher soll denn irgendjemand wissen, dass wir das Zeug haben? Selbst wenn der Blonde das leere Versteck findet, woher weiß er, dass es ausgeräumt wurde? Dass es *das* Versteck ist? Weiter, Waltraud. Puh, dieses Denken ist gut, ich merke, wie das Zittern nachlässt. Selbst wenn er das alles weiß, wie soll er auf uns kommen? Weil die Berger mich gesehen hat, mich und Anita. Die Berger im Drogengeschäft? Na gut, wenn Omi Schu dealt, kann es auch der Weihnachtsmann sein. Wer würde das denn dieser soliden alten Dame zutrauen. Fällt mir immer noch schwer, das überhaupt zu glauben. Vielleicht kann die Anita das Zeug ja verscherbeln, und dann gehen wir einfach so einen Kaffee trinken oder wieder auf eine Butterfahrt. Wenn alles vorbei ist. Ich mag sie schon, diese Frau, witzig ist sie und unternehmungslustig. Und ja, man kann so herzlich mit ihr lachen.

15

Erst wollte ich nicht in den Mini-Shop, weil dienstags morgens ja immer die Berger an der Kasse sitzt. Der möchte ich lieber eine Weile aus dem Weg gehen. Aber dann ist mir doch das Brot wieder schimmelig geworden, ich darf diese Scheiben nicht kaufen, die verderben so schnell. Muss ich eben Brot am Stück holen und schneiden, so schwach bin ich ja nicht, eher bequem. Vielleicht sind auch zwei Kassen auf, habe ich gehofft und bin doch losgegangen. Die kann mich ja im Supermarkt an der Kasse nicht in ein Gespräch verwickeln, dann meckern doch die Kunden. Ich schiele beim Reingehen kurz zur Kasse rüber. Nein, nur eine offen, aber komisch, da sitzt das blonde Mädchen. Ich sehe die Berger gar nicht. Vielleicht muss sie einräumen, was weiß ich. Kann mir nur recht sein. Ich bin schnell fertig, viel brauche ich nicht, hab ja noch einige Leckereien von Roman, aber die Berger sehe ich nirgendwo im Laden. Glück gehabt, Waltraud. Schnell raus hier.

Und nun? Mit Spazierengehen wird's heute nichts, ist mir viel zu stürmisch und kalt. Schade, es war doch schon so schön warm, konnte man sich dran gewöhnen. Aber ist noch nicht mal März. Geduld, Waltraud. Ja, ja, Gott, gib mir Geduld, aber beeil dich ein bisschen. Wo hab ich den Spruch her? Passt perfekt zu mir. Oh, da ist ja Frau Groote. Arbeitet denn heute früh niemand?

»Guten Morgen, waren Sie auch einkaufen, ich hab Sie gar nicht gesehen.«

Klar war sie das, Dummschwätzerin, hat doch die Tüte noch in der Hand. Aber was sagt man so am frühen Morgen.

»Guten Morgen, Frau Friese, Sie konnten mich nicht gesehen haben, heute war ich einmal bei der Konkurrenz. Ich probiere einfach ein bisschen herum.« Sie zuckt lächelnd die Achseln.

»Heute sind Sie ja gar nicht mit dem Rad.«

Na, viel intelligenter ist Frau Grootes Morgenunterhaltung auch nicht, das beruhigt.

»Nein, ist mir zu kalt.«

Ihr scheint das Wetter nichts auszumachen, sie hat es nicht eilig. Sie kann gerne noch bummeln, ich will mich verabschieden und schnell nach Hause.

»Wissen Sie eigentlich, Frau Friese, wer das Heizöl liefert?«, fragt sie mich plötzlich. Ich gucke erstaunt, darum habe ich mich noch nie gekümmert. »Ich glaube, der Tank ist fast leer«, schiebt sie entschuldigend nach.

»Kein Heizöl? Oh. Das besorgt der Kalli. Das hat bisher immer gut geklappt.«

Sie nickt geistesabwesend. Hört sie überhaupt zu? Ein paar Schritte bleibe ich noch höflich neben ihr, aber als sie nichts mehr anfügt, will ich mich verabschieden.

»Das ist für Sie nicht einfach, wenn Sie täglich zum Einkaufen aus dem Haus müssen und immer die lange Treppe hinauf«, bemerkt sie da mit einem Blick auf meine Einkaufstasche. »Ich könnte Ihnen auch etwas mitbringen, wenn ich schon einmal unterwegs bin.«

Das ist aber nett, denke ich und stutze. Ihre Stimme passt überhaupt nicht zu diesem Angebot, so gelangweilt klingt sie. Ich sehe ihr ins Gesicht, sehe ihre müden Augen, ihr Gesicht ist leer wie ein weißes Blatt Papier. Komisch ist sie heute früh. Wo ist ihr Schwung hin? Ihr interessierter Blick, der mir immer das Gefühl gab, sie wollte hören, was ich sage. So kenne ich sie gar nicht. Oder sie nimmt auch irgendwelche Pillen, schießt es mir in den Kopf.

Nun mach mal Schluss, Waltraud, nicht alle Leute nehmen Drogen, nur weil Omi Schu das tut. Vielleicht ist sie einfach noch müde.

Aber antworten muss ich schon.

»Das ist sehr freundlich von Ihnen. Nur, ich gehe ja nicht nur zum Einkaufen aus dem Haus, ich muss doch einmal am Tag unter Leute, kann nicht immer nur in der Wohnung hocken. Darum bummele ich gerne durchs Viertel. Ist ja immer was zu gucken, sind immer viele Leute unterwegs.«

»Nur heute ist mir zu kalt«, schiebe ich schnell hinterher, damit ich endlich weiterkomme, denn nun bleibt sie auch noch vor der Auslage eines Schuhgeschäftes stehen. Das sind alles Schühchen für junge Hüpfer, ich kann davon nicht ein Paar tragen, warum also hier stehen und mir die Finger abfrieren trotz der Handschuhe. Nein, ich will jetzt weg.

Wieder hält sie mich zurück.

»Sie sollten nicht im dritten Stock wohnen, Frau Friese.«

Ach nein, wie geistreich. Müssen wir das wirklich jetzt hier besprechen?

»Wenn ich etwas Passendes finde, werde ich umziehen«, verspreche ich ihr, um das Thema abzuschließen. Und erschrecke.

Es ist mir ernst. Das merke ich in dem Moment, wo ich es ausgesprochen habe. Seit Jahren habe ich keine Wohnungsanzeigen mehr angesehen, habe mich abgefunden mit dem dritten Stock. Und jetzt spüre ich es bis in meinen Bauch hinein, dass es Zeit wird, etwas zu verändern. Umziehen. Es ist eine Horrorvorstellung und zugleich eine Verlockung.

Frau Groote hat irgendetwas gesagt, ich habe nicht zugehört, stiere immer noch auf die High Heels im Schaufenster und sehe mich in einer Erdgeschosswohnung im Garten sitzen, mit einem Hund neben mir, mit dem dicken gelben Hund. Ich seufze, schön wäre es.

»Was hindert Sie?«, fragt die Groote, und diesmal ist sie beteiligt, das ist wieder ihr aufmerksamer Blick.

»Ich weiß nicht,« gestehe ich, »es ging ja jahrelang gut. Umziehen macht so viel Stress.«

»Warum sind Sie nicht in den ersten Stock gezogen, als die Wohnung frei wurde? Meine Wohnung.«

Ich starre sie verblüfft an. Der Gedanke ist mir nicht einmal gekommen. Wie ist das möglich? Ich habe immer nur an eine Erdgeschosswohnung gedacht.

Sie lacht ungläubig.

»Sind Sie etwa nicht auf die Idee gekommen?« Jetzt betrachtet sie mich forschend. »Haben Sie das wirklich, darf ich das sagen, verschlafen?«

Ich nicke, immer noch mit offenem Mund. Sie hat mich kalt erwischt. War ich schon so tot? Oder fange ich an, senil zu werden?

»Mir scheint, Ihnen ist etwas geschehen, Frau Friese, das Sie aufgeweckt hat. Denn so, wie ich Sie kennengelernt habe, würde Ihnen das nicht mehr passieren, habe ich recht?«

Endlich finde ich meine Sprache wieder.

»Ja, allerdings, Frau Groote, das habe ich verschlafen. Das erschreckt mich, wie ich zugeben muss.«

»Ach, machen Sie sich keine Vorwürfe, solche Phasen haben wir vermutlich alle mal im Leben. Die Hauptsache ist doch, dass Sie wieder wach sind.«

Langsam wenden wir uns wieder der Straße zu. Mechanisch setze ich meinen Weg fort. Das muss ich erst mal verdauen.

Warum, Waltraud? frage ich mich. Warum muss dir immer jemand sagen, was du tun sollst? Bist doch eine erwachsene Frau. Warum hast du es nicht einmal *gedacht*?

Die Kälte bemerke ich nicht mehr, zu sehr bin ich mit mir beschäftigt. Da legt mir Frau Groote leicht die Hand auf den Arm.

»Bitte, Frau Friese, ich wollte Sie nicht erschrecken, machen Sie sich nur keine Vorwürfe. Sie werden schon etwas Geeignetes finden. Auch wenn ich Sie ungern ausziehen sehe.«

»Nein, nein, es geht nicht um Vorwürfe, es ist einfach …« Ich suche nach Worten. »Es ist, weil ich immer die Erlaubnis brauche.«

Ich flüstere es, eigentlich rede ich nur mit mir.

Schweigend gehen wir weiter.

Wieder berührt sie mich leicht.

»Frau Friese, ich muss Wurst kaufen.«

Wir stehen vor dem Schlachter. Ich nicke nur, verabschiede mich kurz, immer noch in Gedanken. Jetzt aber schnell nach Hause, gar nicht so sehr wegen des langsam herabrieselnden Schneeregens, sondern weil ich sofort in die Zeitung gucken will, in die Wohnungsanzeigen, auf der Stelle. Ich renne, als ob ich Jahre aufholen müsste. Jahre. Wie viele? Wie lange stört mich das schon, dieses Treppensteigen? Vom ersten Tag an, Waltraud, wenn du ehrlich bist. Wenn Helga mir damals nicht abgeraten hätte, dann wäre ich hier nie eingezogen, war eine reine Trotzreaktion. Da hätte mir der Rainer noch so schöne Augen machen können mit seinem Waltraud hier und Waltraud da. Wie bin ich dem auf den Leim gegangen. Nichts wollte der von mir, nur mein Geld. Nachher war ja nichts mehr. Der tat so, als hätte es an Helga gelegen, weil die uns ertappt hätte. Wie denn, wenn er nicht geredet hat? Dummes Zeug, der hat mich übern Tisch gezogen, das schöne Haus, für das wir uns Jahre krummgelegt haben, Hans-Georg und ich, hat der sich für ’n Appel und ’n Ei untern Nagel gerissen, und ich blöde Kuh bin auf seine Schmeicheleien reingefallen. Hab mich in diese miese Dachwohnung abschieben lassen. Wahrscheinlich gab es sonst keinen Esel, an den er die hätte verkaufen können. Am liebsten möchte ich schreien, als mir das klar wird. Waltraud!

So getrieben, haste ich die Treppe hoch. Den Stuhl im Ersten brauche ich heute nicht. Über mir klappt eine Tür – Bergers? Ist mir egal. Wenn ich wirklich hier ausziehe, muss mich auch die Berger nicht mehr kümmern. Ich reiße die Wohnungstür auf, mache zwei schnelle Schritte und bleibe abrupt stehen.

Wie sieht das denn hier aus?!

Alle Türen stehen weit offen. Ein Blick ins Wohnzimmer, der Fußboden übersät mit Büchern. Ich stehe stumm im Flur, drehe mich ganz langsam Richtung Küche und sehe auch hier: Alle Schranktüren und Schubladen sind weit aufgerissen.

Was um Himmels willen …

Vorsichtig taste ich mich näher.

Mehl, Zucker, Nudeln, Reis, alles auf der Arbeitsplatte!

Ach nein, das ganze Mehl ausgeschüttet, die leere Dose liegt daneben. Die anderen Packungen sind heil geblieben, zum Glück. Aber alles offen, alle Tüten und Dosen.

Was für ein Chaos!

Ganz langsam stelle ich die Einkaufstasche auf den Fußboden und falle auf den Küchenstuhl. Meine Beine wollen nicht mehr.

Ob noch wer in der Wohnung ist? Kann nur im Schlafzimmer sein. Ich lausche, halte den Atem an. Nein, es ist geradezu unheimlich still. Aber schon springe ich wieder auf, reiße die Kühlschranktür auf, die einzige, die nicht sperrangelweit aufsteht.

Ein schneller Blick ins Gefrierfach. Puh, die Plastiktüte ist noch drin. Reingucken. Die Pillen auch noch. Glück gehabt.

Oder? Wäre es nicht besser, ich wäre das Zeug los?

Wieso habt ihr nicht in den Kühlschrank geguckt, ihr miesen Gangster?

Vielleicht ist das Gefrierfach wirklich kein guter Ort? Was geht mich das an, ich wollte das Zeug eh nicht in der Wohnung haben. Jetzt habe ich den Salat.

Mit zitternden Knien wage ich mich wieder in den Flur, ins Wohnzimmer. Die schönen Bücher, einfach so auf die Erde geschmissen, gehen doch kaputt. Mir kommen die Tränen, als ich das sehe. Schnell hebe ich das dicke Lexikon auf, oh, die Craven liegt drunter, ganz verknickt, mein Lieblingsbuch, verdammte Schweine, so geht man doch nicht mit Büchern um. Sorgsam streiche ich das Buch glatt und lege es auf das leere Regalbrett.

Diese Schweine, denke ich, immer nur: Diese Schweine. Bis mir klar wird, diese Schweine haben einen Namen.

Die Berger. Klar war die das, ich habe doch noch ihre Tür klappen hören. Die Berger, natürlich. War heute nicht im Mini-Shop, ist mir ja vorhin schon aufgefallen.

Wütend werfe ich das Lexikon wieder auf den Boden. Rums!

Diese Berger, kann die überhaupt lesen? Wieder bücke ich mich und hebe ein paar Bücher auf. Tränen der Wut in den Augen. Ich knirsche mit den Zähnen.

Oh weh, wie mag es wohl im Schlafzimmer aussehen? Die Vorstellung, dass die Berger in meiner Unterwäsche rumgewühlt hat, treibt mir das Blut in den Kopf. Eine Welle von Hass überrollt mich, wie ich ihn noch nie gespürt habe.

Die wird mich kennenlernen! Jede Nacht, wenn ich nicht schlafen kann, mache ich das Radio an, ganz laut. Und trampeln werde ich ab sofort, soll der da unten die Lampe wackeln, wenn ich mich bewege. Hat's ja immer gleich mit den Nerven, wenn's nur ein bisschen laut ist. Bitte sehr, kannste kriegen. Du wirst mich kennenlernen. Du wirst dich noch mal umsehen. Du sollst ... Meine Fantasie ist bösartig. Wusste ich gar nicht, was ich mir alles ausdenken kann.

Ich trample wie ein Elefant zur Schlafzimmertür. Ha, das macht richtig Spaß. Schluss mit Rücksicht. Trotzdem halte ich einen Augenblick den Atem an, ehe ich es wage, mich dem zu stellen, was mich erwartet. Ängstlich werfe ich einen Blick hinein und atme erleichtert auf. Hier war niemand drin. Das hat sie wohl nicht geschafft, ich war wohl schneller zurück, als sie gedacht hat, hätte sie fast noch erwischt. Was sie mir wohl geantwortet hätte? Dass sie sich ein Tässchen Milch ausleihen wollte?

Im Treppenhaus knarrt es. Ich fahre zusammen, kommen sie jetzt hoch? Werden sie sich jetzt die Drogen mit Gewalt holen? Schnell, Waltraud, mach den Riegel vor! Ich renne in den Flur und lege die Kette vor. Lausche. Nein, es kommt keiner hoch. Ganz leise öffne ich. Jetzt kann ich es deutlich hören. Unter mir wird die Tür leise geschlossen, und schwere Schritte entfernen sich nach unten. Da will einer schleichen, der zu groß ist dafür. Kalli? Ich horche. Geht der raus auf die Straße, dann ist es nicht Kalli. Da klirrt ein Schlüssel durch das stille Treppenhaus, und leise klappt eine Tür. Das ist nicht die Haustür. Das ist Kalli.

Mit einem Mal überfällt mich die Erschöpfung. Ich setze mich in den Sessel, lasse das Chaos um mich herum liegen, wie es ist. Natürlich müssen die zu zweit gewesen sein. Einer sucht, eine steht Schmiere. Nein, nicht zu zweit, zu dritt. Die Groote!

Hat sie mich mit Absicht aufgehalten, zuerst mit diesen geradezu dümmlichen Bemerkungen, was war das noch? Heizöl? Woher will die denn wissen, ob der Tank leer ist? Die hat doch nur geplappert, um mich zurückzuhalten. Als ich so darüber nachdenke, wird es mir immer deutlicher. Natürlich, deshalb war die so merkwürdig. Alle drei also. Das Drogenkartell der Braunschweiger Straße. Und ich mittendrin. Na prima, Waltraud.

Ich muss Anita die Tabletten zurückgeben. Die sind ja hier nicht mehr sicher. Natürlich kommen die wieder, um sich das Schlafzimmer vorzunehmen. Ich muss Anita das erzählen.

Ich wähle langsam ihre Nummer und bete still, dass sie zu Hause sein möge.

»Schumacher!«

Danke, Himmel!

»Anita, hier ist Waltraud, hör mal, dieses Zeug muss hier raus, man hat meine Wohnung durchwühlt. Die kommen bestimmt wieder, und das will ich nicht erleben, die tun mir was an.«

»Was? Halt, halt, langsam!«, unterbricht sie meinen Redefluss. »Wer? Hat man die Tabletten mitgenommen?«

»Nein, nein, die hatten nicht genug Zeit. Aber die lassen doch nicht locker, wie drüben bei Roman. Du, ich sag dir, die stecken alle da mit drin, das ganze Haus, ich fühle mich hier nicht mehr sicher. Was soll ich nur machen?«

»Waltraud, ruhig erst einmal. Was ist denn nun eigentlich geschehen?«

Ich berichte. Sie schweigt lange.

»Bist du noch dran, Anita?«, frage ich ängstlich.

»Ja, ja doch. Ich überlege.«

»Was ich nicht verstehe, ist, wieso die wissen, was wir getan haben. Hast du mit jemandem gesprochen?«, fragt sie schließlich. Höre ich da einen misstrauischen Unterton?

»Nein, bin ich verrückt? Ach ja, das ist noch passiert, erinnerst du dich, als du weggingst, dass da eine Nachbarin auf der Treppe war?«

»Warte, ja, stimmt, das kam mir komisch vor, dass die Frau da so einfach im Treppenhaus herumstand. Gut, sie hatte ein Staubtuch in der Hand und wischte am Geländer herum, aber dass das nur Schau war, habe ich sofort gesehen.«

Ich erzähle.

»Kann Frau Berger in ihrer Wohnung hören, was bei dir gesprochen wird?«

»Sie wird unser Lachen gehört haben, das sicherlich, aber einzelne Worte, nein, das geht nicht.«

»Haben wir denn irgendetwas Verfängliches geschrien? Überleg mal.«

Ich erinnere mich nicht. Mein Kopf ist wie leer gefegt.

Mein Blick schweift über das Chaos auf dem Fußboden.

»Es sieht schrecklich aus hier, Anita«, seufze ich. Wieder kommen mir die Tränen. Wut und Angst mischen sich. Dies ist meine Wohnung, was haben andere hier einzudringen!

»Wie sind die denn reingekommen?«, unterbricht Anita meine Gedanken. »Hast du jemandem im Haus deinen Schlüssel gegeben?«

»Nein, aber das ist ein ganz einfaches Schloss.«

»Schließt du denn nicht ab, ehe du gehst?«

»Nein, warum denn, ich hab doch nichts zu klauen.«

»Jetzt schon.«

»Ja, und das geht nicht. So will ich nicht leben, in einem Käfig, immer die Türen verrammeln. Nein, Anita.«

»Dann besorg dir ein gutes Schloss, das hat mit Käfig nichts zu tun. Wir leben nun einmal nicht im Paradies, wo Löwe und Lamm nebeneinanderliegen.«

»Wie bitte?«

»Schon gut, schon gut. Ruf einen Schlosser an, dass der dir ein neues Schloss einbaut, das ist der erste Schritt.«

»Aber was kostet das wieder.«

»Billig ist das nicht, aber wenn du dann wieder ruhig schlafen kannst, lohnt sich das.«

»Schaff das Zeug raus, dann kann ich wieder ruhig schlafen.«

»Waltraud, dazu ist es zu spät, es sei denn, du hängst einen Zettel in den Hausflur: ›Die Drogen sind weg.‹ Sie werden wiederkommen, da hast du ganz recht, und weitersuchen.«

Jetzt lacht sie laut. Die hat gut lachen.

»Sag mal, wo hast du die Tabletten denn gelagert, dass die Einbrecher die nicht gefunden haben?«

»Im Gefrierfach.«

Jetzt prustet sie wieder los, es hilft nichts, ich muss nun mitlachen.

»Hör zu, Waltraud, ich muss auflegen, ich habe einen wichtigen Termin in, äh, unserer Sache. Verriegele die Tür, ich melde mich, wenn ich zurück bin.«

»Anita, lass das doch! Das ist verrückt! Die sind gefährlich.«

Aber sie hat schon aufgelegt.

Hektisch blättere ich durch die Gelben Seiten nach einem Schlosser. Sind doch alles Halsabschneider, diese Türöffner, denke ich, liest man doch immer wieder. Ich starre unentschlossen auf die Anzeigenflut. So viel Sicherheit und so viel Käfig! Seufzend rufe ich einen an, der nicht weit entfernt ist. Während ich warte, räume ich das Wohnzimmer auf.

Der Schlosser kommt erstaunlich schnell, ein flotter junger Mann. Er sieht sich kurz um und fragt: »Haben Sie schon die Polizei verständigt?«

»Wie? Ach ja, die Polizei. Die helfen doch nicht.«

Er schüttelt den Kopf und meint dann, auf das Türschloss deutend: »Frau Friese, durch diese Tür kommt mein vierjähriger Sohn mit einer Stricknadel. Sie wissen doch, dass hier in der Gegend viele Junkies unterwegs sind.«

»Einem Vierjährigen würde ich keine Stricknadel geben«, antworte ich patzig.

Er stutzt und grinst dann.

»Fehlt denn was?«, fragt er dann doch noch.

»Nein, ich vermisse nichts. Hab doch gar nichts, was sich zum Klauen lohnt.«

Locker geht mir das von den Lippen. Wie gut ich das Lügen gelernt habe in der letzten Zeit.

»Und schließen Sie immer ab, wenn Sie weggehen«, rät er mir, ehe er nach getaner Arbeit pfeifend die Treppe runterspringt.

Sieht auch nicht viel anders aus als mein altes Schloss, denke ich mürrisch, während ich auf die Rechnung starre.

16

Das Telefon klingelt. Anita, denke ich und eile mich.

»Hallo, Waltraud, bist du es? Na, nun wunderst du dich, was? Ich bin's, Helga. Wir haben ja lange nichts mehr voneinander gehört. Wie geht es dir denn so?«

Helga? *Helga?* Ungläubig nehme ich den Hörer vom Ohr, starre ihn an, höre leise Helgas Stimme und halte ihn schnell wieder ans Ohr.

»Hallo, Waltraud, bist du noch dran? Hat es dir die Sprache verschlagen?« Sie lacht glucksend.

»Äh, ja, hallo, Helga. Äh … Ja, ich bin wirklich, äh, platt.«

Ich muss mich räuspern. Wieso stammle ich denn so?

»Ja, weißt du, Waltraud, ich bin gerade in der Nähe und dachte, ich gucke mal bei dir vorbei, wie es meiner alten Freundin so geht, ist ja eine Ewigkeit her, dass wir uns gesehen haben. Wir sind ja nach Hamburg gezogen, als Rainer in Rente ging. Dieses Bremen. Wir wollten in eine richtige Stadt.«

Sie lacht ein bisschen laut.

»Hast du denn ein Stündchen Zeit und eine Tasse Kaffee für mich?«

Wieder kichert sie albern wie ein junges Mädchen.

Um mich herum mein immer noch reichlich verwüstetes Wohnzimmer. Was soll Helga denn von mir denken, wenn sie das sieht. Nein, erst muss ich ein bisschen aufräumen, sonst denkt die, ich hab mein Leben nicht mehr im Griff.

»Ja, also, natürlich kannst du gerne kommen, Helga, nur im Moment, äh …, ich habe gerade angefangen mit Frühjahrsputz, steht alles kreuz und quer. Wie wäre es denn …«, ich werfe einen Blick auf die Uhr, »wenn du in, sagen wir, zwei Stunden kommst.«

»Oh«, sie zögert, es scheint ihr nicht gut zu passen.

»Oder wir treffen uns woanders, im Panini vielleicht«, schlage ich schnell vor.

»Nein, nein, das geht schon in Ordnung, ich komme dann gegen vier vorbei. Tschühüüs.«

Aufgelegt.

Verdutzt schaue ich wieder auf den Hörer. Was ist denn jetzt los? Würde mich nicht wundern, wenn da gleich ein kleines Männchen rauskäme und schreien würde: April! April! Dabei ist erst der 22. Februar. Sehr vorsichtig lege ich den Hörer wieder auf.

Steh nicht rum, Waltraud!

Zwei Stunden! Die Küche sieht ja auch aus wie ein Schlachtfeld. Ob das reicht? Es muss. Außerdem kommt Helga immer zu spät.

Punkt vier Uhr klingelt es. Ich stehe in der Tür und höre ihre schleichenden Schritte. Braucht ganz schön lange. Schau an, die fitte Helga ist auch langsam geworden. Prüfend mustere ich das Wohnzimmer, während ich warte, bis sie oben ist. Sieht aus wie gestern mit Anita, denke ich plötzlich, die Kaffeekanne, ein Rest von Romans Kuchen, das Gedeck. Gleich kommt das Tablett wieder zum Einsatz. So was, erst Jahre gar nicht und nun zwei Tage hintereinander. Nur die Drogen fehlen, denke ich kichernd.

Aber wie nach einem Hausputz sieht es wirklich nicht aus, da oben über dem Fenster hängt eine deutlich sichtbare Spinnwebe. Zu spät. Vielleicht sieht Helga die ja nicht.

Waltraud, du weißt, dass die so etwas sieht. Die sieht noch den einzigen Fussel unterm Sofa. Und kann keine Wohnung betreten, ohne sie genauestens in Augenschein zu nehmen. Egal, ist meine Wohnung und ist meine Sache.

Endlich taucht sie auf, erst ihre Dauerwelle, oha, hellblau, dann kommt eine kleine runde Figur um den Treppenabsatz. Sie sieht auf, hochrot im Gesicht. Schnaufend zieht sie sich am Geländer hoch. Ich möchte grinsen. Ist nicht fein, Waltraud, man spottet nicht über die Gebrechen anderer. Sollte ich nicht, tue ich aber. Mühsam balanciert sie ein Kuchentablett mit der linken Hand, während sie mir, immer noch keuchend, die Rechte entgegenstreckt.

»Meine Güte«, jappt sie. »Machst du das wirklich jeden Tag?«

»Ach ja, man bleibt fit dadurch«, antworte ich lässig. »Aber komm erst mal rein und leg ab.«

»Darf ich mich mal umsehen, Waltraud? Du weißt ja, ich interessiere mich immer für die Wohnungen von anderen, habe ich wohl von Rainer übernommen.« Wieder lacht sie so unsicher.

»Bitte«, ich weise ihr den Weg und wundere mich. Alt ist sie geworden, nicht dass sie runzlig wäre wie ich, nein, straff geliftet. Sieht man doch, weil, den Hals kriegen sie nie hin, den und die Hände. Die bleiben faltig. Helga sieht erst recht alt aus, finde ich. Alt und … fett. Wo sie immer so viel Wert auf ihr Äußeres gelegt hat. Gut, ihr Kleid ist teuer, ihre Kette vermutlich echt, aber alles an ihr schwabbelt vor Fett. Ihr Gesicht gleicht einem Vollmond. Wie ist es möglich? Ich sehe sie wieder vor mir im Jogginganzug an ihrem Schwimmbad hinten im Garten, halt, nein »Pool« mussten wir das nennen. Da war sie drahtig, schnell, kraftvoll. Ist elf Jahre her, Waltraud. Da war sie noch keine sechzig.

»Nett hast du's«, plappert sie, während ihre Augen neugierig über die Einrichtung flitzen. Sehr neugierig. Selbst ins Klo guckt sie. Wie Omi Schu drüben bei Roman, denke ich plötzlich misstrauisch. Sucht die was? Quatsch, Waltraud, Helga ist nun mal so.

»Du hattest schon immer ein gutes Auge für Möbel«, nickt sie anerkennend. »Hättest Innenarchitektin werden sollen.«

»Helga, ich bitte dich, studieren! Ich hab ja nicht mal Abitur.«

»Ja, ja«, murmelt sie desinteressiert und plumpst auf das Sofa.

Umständlich packt sie das Kuchenpaket aus. Vier dicke Sahnestücke! Schau an, denke ich, das erklärt so einiges.

So langsam interessiert es mich ja, wann Helga zur Sache kommt. Dass sie ohne Grund hier ist, kann ich mir nicht denken.

Aber erst mal plätschert das Gespräch so dahin.

»Was macht denn Rainer?«, frage ich, auf die Gefahr hin, dass Helga wieder einen Anfall von Eifersucht bekommt. Obwohl, nach all den Jahren …

»Du *warst* verknallt in ihn, gib es zu«, behauptet sie tatsächlich.

Ich schüttle den Kopf. Immer noch, Helga? Hast dich nur äußerlich verändert.

»Quatsch, Helga, der hielt sich für Casanova und hat dir wahrscheinlich lauter Lügengeschichten erzählt. Wunschträume. Seine.«

»So? Dann erkläre mir mal das.«

Sie kramt in ihrer Tasche und holt Papiere heraus. »Du musst wissen, dass Rainer vor ein paar Wochen gestorben ist.«

»Gestorben? Oh, das tut mir aber leid. Wie …«

Sie tut meine erschrockene Beileidsbekundung mit einer heftigen Handbewegung ab und fährt fort:

»Herzanfall, wie bei deinem Hans-Georg. Sein zweiter. Zu viel von allem, wenn du mich verstehst. Aber wenn du meinst, der erste wäre ihm eine Warnung gewesen, ach was, das hielt nicht lange vor.«

Sie öffnet das Papier. Eine trauernde Witwe ist anders.

Sie lässt mir keine Zeit, die Information zu verarbeiten.

»Das ist sein Testament, ich habe es erst vorgestern in seinen Sachen gefunden. Wir wussten, dass er eines gemacht hat, aber chaotisch, wie er nun mal ist, nein, war, hat er es in den Papieren über dieses Haus versteckt. Na, auch egal, es war sowieso ausgemacht, dass Jakobs Junge, der Alf, das Büro erbt, der arbeitet ja dort schon seit Jahren. Hast du ihn eigentlich kennengelernt?«

Sie hat ihre Lesebrille aufgesetzt, während sie redet, und schaut mich nun über den Brillenrand abschätzig an. Ihr Blick spricht Bände.

So langsam kriege ich die Wut.

»Also, wenn du wissen willst, ob ich mit Alf im Bett war, dann nein, Helga«, fauche ich sie an.

»Na, na, wer wird denn da gleich patzig.«

Sie sieht mich von oben bis unten an, sodass ich ihr am liebsten eine knallen würde. Bleib ruhig, Waltraud, sage ich mir. Ich sehe dreimal besser aus als dieser Fettkloß. Aber wenn sie ständig Sahnetorten frisst, ist das ja auch kein Wunder.

»Lass mich zur Sache kommen«, näselt sie arrogant. »Rainer vermacht dir in diesem Testament, lass mich zitieren: ›den Gegenwert der von Frau Waltraud Friese bewohnten Wohnung in der Braunschweiger Straße 17b nach Marktwert vom Tag der Testamentseröffnung‹.«

Wieder schaut sie über die Brille.

»Würdest du so liebenswürdig sein und mir das erklären, Waltraud?«, flötet sie nun.

Ich sehe Rainer wieder vor mir, wie er mich umschmeichelt hat, genau bis zu dem Tag, an dem ich meine Unterschrift unter den Kaufvertrag gesetzt hatte.

»Schlechtes Gewissen, Helga. Der hat mir unser altes Haus ja zu einem Spottpreis abgeluchst. Ich hätte viel mehr dafür kriegen können, wie ich später erfahren habe. Rainer hat mich betrogen. Sieht so aus, als hätte er am Ende so etwas wie Reue gezeigt.«

Helga lacht schrill.

»Für wie blöde hältst du mich, Waltraud?«

Sie beugt sich über den Tisch und giftet mich an: »Wie lange ist euer Techtelmechtel denn gegangen? Und bitte erzähl mir keine Märchen. Ich weiß *de-fi-ni-tiv*«, sie klopft bei jeder Silbe auf den Tisch, »dass er noch vor ein paar Monaten regelmäßig hier ein und aus ging.«

Ich starre sie an. *»Hier?«*

Das glaube ich nicht, das hätte mir doch mal auffallen müssen, sitze doch dauernd am Fenster.

»Nicht bei mir, Helga. Ich habe Rainer seit mehr als elf Jahren nicht mehr gesehen.«

Ich sehe sie ungläubig an. Dann lache ich plötzlich los.

»Lieber Himmel, Helga! Wo lebst du denn? Welcher Mann sucht sich eine Geliebte, die so alt ist wie seine Ehefrau? Vor allem, wenn er selber schon ’n alter Bock ist. Der würde sich doch eine jüngere nehmen.«

Sie guckt ziemlich beleidigt und schiebt sich einen riesigen Brocken Torte in den Mund, ist schon das zweite Stück.

»Bist du sicher, dass er hier im Haus war?«

Ich denke schnell nach. Frau Berger? Ausgeschlossen, nicht Rainers Geschmack. Die junge Frau vom Ersten? Unmöglich, die waren jung verliebt. Bleibt noch Kalli. Ich pruste los. Ich kann mir nicht helfen.

»Unten wohnt ’n ansehnlicher Kerl«, grinse ich.

Darauf reagiert sie überhaupt nicht, kaut leise schmatzend an der Torte.

»Woher hast du diese Information überhaupt?«

»Von einem Detektiv«, antwortet Helga nun kühl.

»Der hat dich beschummelt oder sich in der Haustür geirrt.«

Wieder kramt Helga in ihrer unendlich großen Handtasche. Diesmal holt sie einen Computerausdruck heraus. Ein Briefkopf von einer Detektei, lese ich.

»Hier steht es – ich zitiere wieder: ›Regelmäßige Besuche jeden Mittwochabend gegen neunzehn Uhr in der Celler Straße Nummer 72. Stockwerk nicht eindeutig festzustellen.‹«

»Wir sind hier in der Braunschweiger Straße, Helga, die Celler ist um die Ecke.«

Helga schaut mich dümmlich an. Sie hat den Anstand, leicht zu erröten. Sie schaut auf den Brief, klappt den Mund auf und zu.

Ihr fällt die Torte von der Gabel. Ich kann meine Schadenfreude nur schwer zurückhalten.

»Helga, wie konntest du das verwechseln?«, wundere ich mich. Ist sie nicht nur fett, sondern auch senil geworden?

»Ich, äh, das muss ein Irrtum sein. Ich bin sicher, dass in den anderen Berichten ›Braunschweiger Straße‹ stand.«

»Du meinst, er hat hier das ganze Viertel mit seiner Männlichkeit beglückt? Ganz schön agil für sein Alter.«

»Bitte keinen Sarkasmus. Das erklärt noch lange nicht dieses Testament.«

»Das kann ich dir auch nicht erklären, Helga, aber sei versichert, ich nehme es an. Wirst schon nicht verhungern dadurch.«

Nun kann ich es nicht lassen, sie auffällig zu mustern.

Wütend springt sie auf, wirft alles wieder in die bauchige Tasche und stampft in den Flur.

»Beleidigen lasse ich mich nicht von dir – aber womit habe ich eigentlich gerechnet? Was konnte ich von so einer wie dir auch anderes erwarten, spielt das scheue Mauerblümchen, und schon liegen ihr die Männer zu Füßen. Rainer, der Ritter. Männer sind ja so blöde. Ich fechte das

Testament an, das sage ich dir. Keinen Euro kriegst du, du Flittchen!«

Knall, Tür zu, raus ist sie. Ich stehe da mit offenem Mund und versuche zu verstehen, was eigentlich geschehen ist. Ob sie das wirklich glaubt? Wie kann sie die Straßen verwechseln. Ich glaube, die spinnt, die Helga.

Nachdenklich stelle ich mein zweites Tortenstück in den Kühlschrank. Das Testament verblüfft mich. Wie kommt Rainer dazu, mir etwas zu vermachen? Hätte ich dem gar nicht zugetraut, dass der ein Gewissen hat. Ich dachte, der kennt nur Geld.

Siehste mal, wie man sich irren kann. Oder wenn sie das Ende ahnen, werden sie alle wieder fromm. Fuß in der Tür zum Himmelreich? Rainer mit seiner »Habt-mich-alle-lieb«-Masche, wollte sich beim lieben Jesulein einschmeicheln. Das passt. Nur macht ihm seine liebe, freundliche Helga einen Strich durch die Rechnung. Soll sie. Hab ihr Geld bis heute nicht gebraucht und will's auch jetzt nicht.

Moment mal, Waltraud. Gib doch nicht gleich wieder klein bei, Testament ist Testament, und betrogen hat er dich, sonst würde er dir nichts vermachen. Ist doch glatt ein Geständnis. Helga hat mir nie etwas gegönnt, wenn ich von der was haben will, muss ich mich mit ihr streiten.

Was die Wohnung wohl inzwischen wert ist? Ist ja eine teure Ecke geworden, die Gegend hier. Vielleicht hätte ich ja mal was dran machen sollen. Ich sehe mich um. Ach was, so schlecht ist es gar nicht. Muss mal die Groote fragen, was sie bezahlt hat. Ist zwar größer da unten, aber wäre ja ein Richtwert. Könnte ich wohl um die fünfzigtausend Euro für kriegen.

Mir stockt der Atem: fünfzigtausend Euro!

Und wenn ich die Wohnung dann verkaufe, dann sind das hunderttausend Euro!

Eine Eins mit fünf Nullen, Waltraud!

Das würde reichen für was Neues, etwas im ersten Stock oder im Erdgeschoss.

Wart es ab, Waltraud, bis jetzt hast du noch keinen Cent gesehen. Gib es erst aus, wenn du es hast.

Es steht mir zu, und jetzt werde ich mir das erkämpfen.

Ich will mir zur Ablenkung den Krimi im Fernsehen angucken, da klingelt das Telefon.

»Waltraud, du glaubst nicht, was mir passiert ist!«

Helga. Nanu? Dass die noch mit mir redet.

»Was denn?«, brumme ich etwas ungehalten.

»Waltraud, ich bin überfallen worden!«

Wie bitte? Ich setze mich langsam in meinen Sessel. Wie eine Flut rauscht Helgas Bericht über mich herein.

»Ich war gerade ein paar Hundert Meter weit, als jemand mir von hinten meine Handtasche weggerissen hat. Ich wollte sie ja noch festhalten, da war doch all mein Geld drin, das Testament und die Papiere und so. Aber das war ein großer, kräftiger Kerl. Ich bin ganz furchtbar aufs Pflaster gestürzt. Dabei habe ich mir das Knie aufgeschlagen, zum Glück ist ja nichts gebrochen, aber der Schreck, ich sage es dir, mir zittern noch jetzt die Beine. Ich hätte einen Herzanfall kriegen können! Obwohl, ich gebe zu, es waren schnell Leute da, die mir geholfen haben, ich habe aber auch geschrien. Genützt hat es natürlich nichts.«

Endlich komme ich zu Wort.

»Hattest du viel Geld mit?«, frage ich, das fällt mir als Erstes ein. Nein, als Zweites. Das, was mir als erstes einfällt, kann ich wirklich nicht aussprechen.

»Ach, nein, das nicht, aber die EC-Karte. Die musste ich natürlich sofort sperren lassen. Was das jetzt wieder für Umstände macht.«

Verärgert lässt sie sich über die Sturheit von Bankangestellten und Behörden aus. Wütendes Gebell lenkt mich ab. Draußen knurren sich zwei Hunde an, ein dicker gelber mit spitzen Dreiecksohren und der Schäferhund vom alten Schröder. Aber der Schäferhund hängt an der Leine und kann nicht, wie er will. Der Gelbe rennt schnell um die Ecke. Ach ja, den kenne ich doch langsam. Ich bin so bei den Hunden, dass ich gar nicht merke, dass Helga aufgehört hat zu reden.

»Waltraud?«, ruft sie.

»Ja, Helga, ich bin noch dran, ja, ich bin ganz erschrocken. Tut mir leid, dass dein Besuch so schlimm geendet hat. Ich hoffe, dein Knie heilt schnell wieder«, plappere ich ohne innere Beteiligung.

Plötzlich ändert sich ihre Stimme, wird wütender:

»Die Polizei vermutet, dass es ein Junkie war. Dass aber auch niemand was gegen diese Süchtigen tut, eine Schande ist das. Dabei soll es davon in deinem Viertel gar nicht mehr viele geben. Haha, da muss ich aber lachen. Die Polizei überhaupt, die war keine große Hilfe. Sie haben mir wenig Hoffnung gemacht wegen des Geldes, die Papiere findet man meistens in irgendeinem Müllbehälter, sagen sie. Mein schönes Portemonnaie aus Kalbsleder, Rainers letztes Weihnachtsgeschenk! Und das soll im Müll landen. Gut, dass wir von dem Testament eine Kopie gemacht haben, das Original liegt ja beim Notar inzwischen. Ich sollte den Kerl beschreiben. Waltraud, ich bitte dich, es war dunkel, und ich lag auf der Straße, wie soll ich da einen Menschen beschreiben, der wegrennt. Groß und kräftig, langer Mantel und Kapuze überm Kopf, was sieht man da? Nichts.«

Sie macht eine Pause, ich spüre, da kommt noch was. Tatsächlich verändert sich ihre Stimme erneut. Mit Schärfe fährt sie fort:

»Wenn es denn ein Junkie war, Waltraud. Aber vielleicht sagt *dir* die Beschreibung ja was. *Du* hast nicht eventuell Interesse an dem Testament gehabt und mir jemanden hinterhergeschickt? Ich habe es der Polizei gegenüber nicht erwähnt, wollte dich ja nicht in Verlegenheit bringen, denn das würde dir nichts nützen, wie gesagt, das Original liegt beim Notar, oh, ich wiederhole mich. Waltraud, ich warne dich, wenn das ein schlechter Scherz war, dann lernst du mich kennen.«

Helga hat aufgelegt. Habe ich Tschüs gesagt? Vermutlich, ich weiß ja trotz allem, was sich gehört. Und Verrückten soll man nicht widersprechen.

Fast möchte ich lachen, wenn es nicht so ernst wäre. Nicht diese idiotische Beschuldigung natürlich. Aber der Überfall macht Sinn. Leider. Auch wenn sich da jemand geirrt hat. Ich vermute, da hat einer Helga für einen Kurier gehalten. Ich weiß, ich müsste Angst haben, aber ich habe das Gefühl, dass mein Vorrat an Angst aufgebraucht ist. Da ist nur noch Wut und Trotz.

Aber Anita muss ich davon berichten, unbedingt. Ich rufe sie an. Aber da ist nur ihr Anrufbeantworter. Was sage ich denn nun?

»Anita, hier ist Waltraud. Äh ... Ruf mich an, sofort. Egal, wie spät es ist. Es ist wieder was passiert. Lass das Zeug in Ruhe und pass gut auf dich auf!«

Wo ist die nur? Hat sie nicht gesagt, dass sie abends nicht mehr aus dem Haus geht? Wo bist du, Anita? Sie wollte etwas »in unserer Sache« unternehmen. Himmel, wenn ihr was passiert ist! Omi Schu und die Dealer. Was denkt sich die Frau nur? Und ich hänge mit drin. Verdammt! Verdammt! Verdammt!

Ein großer, kräftiger Kerl, hat Helga gesagt. Kalli? Oder sehe ich Gespenster? Es mag ja sein, dass es weniger Junkies gibt als früher, aber weniger heißt ja nicht, dass niemand mehr hier rumschleicht. Ich sehe sie ab und zu, wenn ich so aus dem Fenster gucke, abgerissene Gestalten oft, die auffällig unauffällig die Häuser beobachten. Nicht nur Kalli und Roman haben hier mit Drogen zu tun. Ich kann mir Kalli beim besten Willen nicht als Handtaschenräuber vorstellen. So merkwürdig er ist, aber dass er alte Frauen überfällt … nein, wirklich nicht. Da müsste er schon völlig verzweifelt sein. Aber wenn es tatsächlich um so viele Hunderttausend Euro geht, wie Omi Schu angedeutet hat, dann ist alles möglich. Beim Geld setzt ja der Verstand aus. Aber das würde ja bedeuten, dass ich unter ständiger Beobachtung stehe, denn Helgas Besuch war ja spontan. Ich habe doch niemandem davon erzählt.

Na gut, ich nicht, aber Helga vielleicht. Hat möglicherweise mit ihrem Enkel, dem Immobilien-Alf, drüber gesprochen. Irgendwie kennen die sich alle, habe ich den Eindruck. Alf hat vor Kurzem der Groote die Wohnung verkauft, auf Anraten von Susanne, wer weiß, vielleicht kennt er auch Roman. Das müsste ich Anita fragen, wer den Hausverkauf der Nummer 76 gemanagt hat. Vielleicht redet Alf mit seiner Oma über die Leute, was weiß ich.

Moment mal, Susanne, wohnt die nicht in der 72, Celler Straße 72? Oh, oh! Rainer und Susanne? Das gibt schon eher ein Bild als Rainer und ich.

Wenn der Alf also auch verwickelt ist und Helga als Schnüfflerin geschickt hat, wenn das Testament nur ein Vorwand war …

Nein, Waltraud, das wird jetzt aber zu kompliziert. So langsam drehst du durch. Nicht alle Menschen haben mit Drogen zu tun. Und Helga war wirklich wütend, das hat die nicht gespielt. Trotzdem, ich kann mir nicht helfen, irgendetwas an Helgas Besuch stimmt nicht.

Anita, ich muss sie anrufen. Zu viele Omas in dieser Geschichte. Eindeutig.

Aber Anita geht nicht ran.

17

Endlich Morgen! Was für eine schreckliche Nacht! Dauernd bin ich hochgeschreckt, weil ich glaubte, das Telefon hätte geklingelt. Ich bin wie gerädert, trinke mürrisch meinen Kaffee. Meine Laune ist wie das Wetter: Graue, schwere Wolken hängen wie Blei über der Stadt.

Anita hat sich sicher nicht getraut, mitten in der Nacht anzurufen, sie hat mein »sofort« nicht ernst genommen, rede ich mir ein. Aber jetzt könnte sie allmählich den Hörer nehmen. Vielleicht ist sie aber spät ins Bett gegangen und schläft noch. Vielleicht, vielleicht auch nicht. Ist das normal, dass sie sich nicht meldet? Ich kenne sie zu wenig, kann das nicht beurteilen. Sprunghaft ist sie ja, vielleicht ist sie spontan wieder auf Butterfahrt gegangen oder was weiß ich, und ich sitze hier und grüble und mache mir Sorgen, während sie sich irgendwo vergnügt.

Glaubst du das, Waltraud? Nein. Nicht wirklich.

Dann versuche ich es eben noch mal. Sie hat mich bestimmt für überspannt gehalten, sie ist ja viel zu lässig in der ganzen Sache. Schon den Einbruch hat sie ja nur abgetan mit der Kritik an meinem Schloss. Bei *ihr* ist ja kein Fremder durch die Wohnung gelaufen und hat alles betatscht. Noch jetzt schickt mir der Gedanke daran eine Gänsehaut über den Körper. Anita, der fröhliche Hüpfer. Sicher lacht sie über mich. Ich wähle langsam und sorgfältig ihre Nummer.

»Hier ist der Anrufbeantworter …«

Anita, wo bist du?

Es ist noch früh, sicher schläft sie noch, stehen ja nicht alle im Morgengrauen auf. Also erst mal Zeitung lesen, hoffentlich steht keine tote alte Dame drin. Waltraud, also bitte.

Hastig blättere ich die Seiten um. Erst als ich nichts Beängstigendes finde, fange ich, ruhiger geworden, wieder von vorne an und lese etwas gründlicher. Aber ich bin nicht bei der Sache. Ich warte nicht nur auf den Anruf, ich horche auf die Geräusche im Haus. Werden sie es wagen, heute wiederzukommen?

Ich muss mich beschäftigen. Also putze ich. Warum nicht, wenn ich es schon herumerzähle, kann ich es auch tun, habe gestern ständig nach den Spinnweben geguckt, als Helga hier war. Nun müssen die weg. Sonst macht mich diese Arbeit ja hundemüde, aber heute bin ich viel zu nervös. Gegen Mittag wird meine Unruhe so schlimm, dass ich in meiner Wohnung auf und ab tigere.

Wenn nicht mal putzen hilft, fällt mir nur noch eines ein: Hingehen. Zum ersten Mal verfluche ich mich, weil ich kein Handy habe. Wie kann ich aus dem Haus gehen, wenn ich einen Anruf erwarte. Ich bin sicher, dass Anita genau dann anruft, wenn ich unten die Haustür schließe. Aber dann ist sie auch zu Hause, und dann können wir endlich reden.

Die Adresse brauche ich. Telefonbuch, wo bist du? Liebe Güte, gibt es viele Schumachers. Aber ich habe ja die Telefonnummer. Also mal sehen. Hier, drei sieben sechs … ja das muss sie sein.

Soll ich die Sachen mitnehmen? Wenn sie nicht da ist, ist das natürlich ein unsinniges Risiko. Kann ihr das Zeug ja schließlich nicht in den Briefkasten werfen. Wenn ich damit überhaupt bis Walle komme. Wenn mich nicht vorher dieser »große, kräftige Mensch« überfällt.

Ich streiche mit der Hand nachdenklich über die Gelben Seiten. Gelb. Gelb ist Post, Post ist Paket. Schon bin ich wieder auf den Füßen, krame im Flurschrank nach dem Karton von meinen Winterschuhen, waren ganz schön teuer, aber tragen sich so schön leicht, wie lange bin ich um den Laden herumgeschlichen, bis ich mich entschieden hatte … Waltraud, der Karton, lenk dich nicht ab.

Behutsam lege ich die Plastiktüte mit den Tabletten hinein, kein Brief dazu, Anita braucht keinen. Und wenn sie das Paket nicht selbst aufmacht, wer weiß, wo die ist, dann muss ich ja nicht unbedingt meine Adresse hinterlassen. Dann kann ich mir das Ganze auch sparen. Ob die bei der Post Drogenhunde haben? Riechen die auch Tabletten? Da sehe ich so viele Krimis und lese genauso viele, aber was weiß ich denn von diesen Dingen?

So, Bindfaden drum, Finger, zittert nicht so, kriege ja keinen ordentlichen Knoten hin. Adresse drauf. Was mache ich denn mit dem Absender? Ganz ohne geht schlecht, sicher meckern die bei der Post und wenn ich dann einen fremden Namen hinschreibe, fällt das auf. Die kennen mich doch hier. Kann ja zur Hauptpost fahren, muss ich sowieso vorbei, wenn ich zu Anita will. Nein, ein Absender muss drauf. Plötzlich kichere ich los. »Roman Lürßen« schreibe ich mit kräftiger Schrift. Stimmt doch, ist doch sein Zeug.

So weit, so gut, denke ich und betrachte das Paket auf dem Tisch. Wie kriege ich das jetzt unbemerkt aus dem Haus? Gar nicht, ist zu groß zum Verstecken.

»Verdammt!«

Ich stampfe mit dem Fuß auf. Alles umsonst.

Hättest du auch vorher dran denken können.

Bin ich doch nicht gewohnt, dass ich beobachtet werde wie ein Schwerverbrecher.

Wie hat Anita gesagt? Kannst du gleich einen Zettel an die Tür machen, dass die Drogen weg sind. Da stehe ich im Zimmer und stiere mit leerem Blick auf das verdammte Paket, das mir schon so viel Ärger eingebracht hat, und nun soll ich es nicht loswerden? Die idiotischsten Ideen kommen mir, das Paket mit einem Seil aus dem Fenster runterlassen, es untern Rock schieben. Nur bin ich für eine Schwangere eindeutig zu alt.

Doch einfach ins Klo mit dem Zeug? Na ja, es gehört ja eigentlich nicht mir. Na und? Weg ist weg.

Werd nicht panisch, denk nach. Es muss doch eine Lösung geben. Die Bergers und die Groote sind zur Arbeit, also auf jeden Fall aus dem Haus. Und wenn sie nicht wie die Mäuschen zurückgeschlichen sind, dann sind sie noch immer weg. So, wie ich heute auf die Treppengeräusche gelauscht habe, wären die mir sicherlich nicht entgangen. Also nur Kalli. Und der ist dummerweise ein »großer und kräftiger« Kerl. Helgas Angreifer? Ich will es nicht glauben. Es hilft alles nichts, entweder ich riskiere es, oder ich behalte die Sachen hier, und das ist auch ein Risiko.

Schick es weg, ruft meine innere Stimme. Die ist klüger als ich, also schleiche ich mit dem Paket unterm Arm so leise wie möglich die Treppe hinunter. Kurz vor dem Erdgeschoss halte ich inne und horche. Da höre ich bei Kalli Wasser rauschen. Dusche oder Wasserspülung, beides möglich. Das klingt in meinen Ohren wie Weihnachtsglocken. Jetzt aber nichts wie raus hier! Beine, da macht ihr was mit.

Peng. Oh, die Tür ist mir ausgerutscht in der Eile. Hilft nichts, weg, nur weg. Halt, Waltraud. Nicht den gewohnten Weg, nimm die andere Straße, weiter ist das auch nicht. Gut, dass man die Nebenstraße vom Haus aus nicht ganz einsehen kann. Müsste Kalli also schon vor die Tür kommen. Na und, was sollte ihn hindern? Vielleicht stand er ja unter der Dusche, das wäre ein Grund. Ich muss albern kichern, halte mir die Hand vor den Mund.

Wenn du an der Haltestelle bist, kann dir eigentlich nichts mehr passieren, da sind immer genug Leute. Und nicht rennen!

Sind das Schritte hinter mir? Erschrocken schaue ich mich um. Nein, du spinnst, da ist niemand. Geh ruhig weiter, nur jetzt nicht auffallen, schau, da vorne ist schon die Kreuzung, noch hundert Meter, noch achtzig, noch fünfzig. Da ist doch jemand hinter mir. Ich lehne mich an den Gartenzaun, tue so, als müsste ich verschnaufen, und sehe vorsichtig zurück. Eine fremde Frau mit Kinderwagen nähert sich, die hat nur Augen für ihr Baby. Oder tut die nur so? Nein, tut sie nicht, die Antwort kommt brüllend! Das Kind schreit plötzlich los. Das ist echt, bleib ruhig, Waltraud. Sie schiebt vorbei. Dann ist die Straße wieder leer. Schnell, noch ein paar Meter, und du bist unter Menschen.

Als ich auf die Hauptstraße einbiege, werfe ich noch mal einen Blick über die Schulter. Ganz hinten steht jemand, eine große Figur, sieht aber in die andere Richtung. Kalli? Oder der andere Unbekannte? Oder einfach ein Passant, Waltraud, es ist mitten am Tag, da sind auch in Bremens Nebenstraßen Menschen unterwegs, und groß, also, größer als du, sind inzwischen die meisten. Trotzdem haste ich um die Ecke. Das wäre erst einmal geschafft.

Wie sehr mich das angestrengt hat, merke ich erst, als ich in der Bahn auf meinem Platz sitze. Mein Atem geht heftig. Aber mein Bein tut mir gar nicht mehr weh. Interessant, dabei bin ich seit Monaten nicht mehr so viel gerannt wie in den letzten Tagen. Bin doch noch nicht reif für einen Rollator.

Nun also Schritt zwei, Paket aufgeben. Auch das macht keine Mühe, warum auch, gibt eine alte Schachtel ein Paket auf, kommt doch bei der Post dauernd vor. Ich bin überzeugt, dass mir alle was ansehen. Aber dazu *müssten* sie mich ansehen. Frau Groote hat recht, niemand beachtet mich, und als ich die Post verlasse, möchte ich singen oder tanzen vor Freude. Ich bin diesen Ballast los! Warum habe ich so lange gezögert? Hat mich die Anita wieder eingewickelt. Ich fühle mich so frei wie seit Wochen nicht mehr. Muss ich denn jetzt überhaupt noch nach Walle fahren? Kann ich nicht einfach alles vergessen?

Leider nicht, wird mir klar, und der Druck senkt sich wieder schwer auf meine Schultern. Auch weiter muss ich fürchten, dass mich jemand überfällt. Es weiß ja niemand, dass die Sachen weg sind. Unschlüssig stehe ich an der Haltestelle im Nieselregen. Dass ich in die Bahn steige, liegt eher daran, dass ich aus dem Schietwetter rauswill, als dass ich mich entschieden habe.

Tolle Idee, Waltraud, schimpfe ich, als ich vor Anitas kleinem Haus stehe. Alles dunkel, dabei dämmert es schon, und das mitten am Nachmittag. Ich trete langsam näher.

»A. Schumacher«, ein getöpfertes Schild mit vielen Röschen. Oh weh.

Du bist nicht hier, um über Geschmack zu streiten.

Die schrille Klingel erinnert mich an unseren Besuch bei Roman. Hört sich genauso leer an. Der Briefschlitz steht ein bisschen offen. Ich bücke mich und hebe die Klappe an.

Der *Kurier*!

Ich atme heftig aus. Da steckt er noch. Müde richte ich mich wieder auf. Und nun?

18

Rums!

Ich schrecke hoch. Was war das? Bomben?

»Aah! Nicht!«

Wer schreit da? Hilfe, was ist los?

Irritiert sehe ich auf. Bin wieder im Sessel eingedöst. Um mich ist alles dunkel. Aber von der Straße dringt Lärm. Schritte knallen aufs Pflaster. Männerstimmen.

»Ich hab doch nichts!«, schreit es draußen.

Ich springe auf und presse das Gesicht gegen die Scheibe.

Da, da prügeln sich zwei, mitten auf der Straße. Meine Güte, das sieht ernst aus. Hilfe! Da, der linke, das ist doch Kalli.

Oh, jetzt, nein! Da blitzt was. Sehe ich richtig? Der andere hat ein Messer!

Wer ist das? Kenn ich den? Hat ne Skimütze auf, sieht man nichts. Der ist noch jung. Der Blonde, denke ich, aber erkennen kann ich ihn nicht. Schnell ist der. Jetzt sticht er zu! Oh, Kalli ist ausgewichen, Glück gehabt. Das kann doch nicht! Die bringen sich ja um!

Hilfe, tu was, Waltraud!

Ich reiße das Fenster auf und brülle runter:

»Was macht ihr denn da?«

Beide erstarren und schauen hoch. Kallis knallrotes Gesicht ist verzerrt. Der Vermummte hält das Messer noch in der erhobenen Hand. Kalli reagiert zuerst. Schnell greift er in die Skimütze, zerrt sie runter, schlägt einen Haken wie ein Hase und hetzt auf das Haus zu, die Mütze fest in der Hand. Da schießt der Arm mit dem Messer vor und sticht zu.

Kalli schreit und stolpert. Nein! Er wird doch nicht!

Aber er torkelt weiter, ich sehe ihn nicht mehr.

Plötzlich steht der andere in einem Lichtfleck. Gegenüber bei Kellners ist jetzt die Lampe im Zimmer an. Ich erkenne ihn sofort. Der böse Engel. Sofort weicht er einen Schritt zurück in den Schatten, rennt mit kaum hörbaren Schritten davon, um die nächste Ecke. Herr Kellner schaut aus dem Fenster.

»Was war denn hier los?«, nörgelt er zu mir rauf.

»Die haben gekämpft! Die wollten sich umbringen!«

Ich bin noch ganz fassungslos.

Herr Kellner murmelt etwas, schließt das Fenster wieder.

Die Polizei! Man muss die Polizei rufen.

Und Kalli! Der ist doch sicher verletzt.

Ich knalle das Fenster zu und haste zur Treppe. Ich bin schon am ersten Absatz, werfe einen Blick zurück, habe die Wohnungstür offen gelassen. Ich stocke, gehe zurück, hole den Schlüssel und schließe die Wohnungstür mit dem schönen neuen Schloss fest zu. Erst dann gehe ich die Treppe runter. Dabei schüttle ich unentwegt den Kopf. Die Tür verschließen, ehe du einem Verletzten hilfst, wie kann das sein! Man muss die Drogen gar nicht selber nehmen, sie verändern einen auch so, denke ich, während ich bei Bergers vorbeikomme. Da ist alles dunkel. Komisch, sonst ist die Berger doch immer die Erste, wenn es irgendwo was zu sehen gibt. Aber bei Frau Groote ist nun Licht. Sie öffnet die Tür, gerade als ich vorbeikomme. Steht da im Morgenmantel, guckt verschlafen.

»Was ist passiert?«, fragt sie.

»Jemand wollte den Kalli umbringen.«

Mir zittert die Stimme.

»Was?« Verwirrt reibt sie sich die Arme.

Von unten dringt ein furchtbares Stöhnen herauf. Mir stehen die Haare zu Berge. Sie aber schüttelt sich wie ein nasser Hund, ist schlagartig hellwach. Schnell verschwindet sie im Flur, kommt mit einem Köfferchen wieder heraus, springt eilig die Treppe runter, ist schon vor mir unten.

Kalli liegt auf dem Bauch im Hausflur, die Skimütze immer noch in der Faust. Frau Groote kniet neben ihm, fühlt an ihm rum. Sie sieht kaum auf, schiebt mir aber ein Handy über die Fliesen und sagt mit ganz kühler Stimme:

»Nur eins eins zwei eingeben und grüne Taste drücken. Sagen Sie: Notfall.«

Dann zögert sie, schaut noch einmal lange auf Kalli, während ich noch an dem ungewohnten Handy herumfummele. Fast fällt es mir runter. Immer wenn es schnell gehen soll, verhasple ich mich. So, jetzt aber.

Da höre ich Frau Grootes müde Stimme.

»Lassen Sie sich Zeit, es ist zu spät.« Sie seufzt schwer und flüstert: »Scheiße, Scheiße, Scheiße.«

Ich hebe die Augen vom Handy. Da kniet sie noch neben dem wuchtigen Körper. Jetzt sehe ich, dass sich die Jeansjacke dunkel verfärbt hat, ich rieche den eklig süßlichen Geruch von Blut, und etwas in mir begreift, dass Kalli, der da so friedlich auf dem Boden liegt, gerade gestorben sein muss.

Kalli ist tot. Kalli ist ermordet worden, vor meinen Augen.

Und der Mörder weiß, dass ich ihn gesehen habe.

Ich plumpse auf die Treppenstufe, das Handy rutscht mir aus der Hand. Frau Groote hebt es auf, ruft an, sagt etwas, ich nehme alles wahr wie unter einer Glasglocke. Ich spüre ihre warme Hand auf meinen eiskalten Fingern, aber ich begreife nicht, was um mich geschieht. Es gibt nur diesen einen Gedanken: Kalli ist tot, und der Mörder kennt mich.

Irgendwie bin ich in meine Wohnung gekommen, liege auf dem Sofa, eine Decke um mich gelegt, und zwei Männer sitzen mir gegenüber. Am Fenster steht Frau Groote.

»Sie können Frau Friese nicht vernehmen, ich protestiere! Sie steht unter Schock. Bitte gehen Sie und ...«

»Bitte, Frau Groote«, unterbricht sie der Schlankere von beiden. Meine Güte, der andere ist ganz schön dick. Ob das wirklich Polizisten sind? »Wir müssen den Täter finden, und je schneller wir ein Bild von ihm haben, umso größer unsere Chance.«

Er wendet sich mir zu, während Frau Groote etwas murmelt.

»Frau Friese, haben Sie den Mann gesehen, mit dem Herr Brodtmann gestritten hat?«

»Herr Brodtmann? Wer ist das?« Verwirrt sehe ich ihn an.

»Kalli«, erklärt Frau Groote. »Er heißt Brodtmann.«

»Oh.« Natürlich! Waltraud!

»Der hatte doch diese Skimütze auf, wo man nichts sieht außer den Augen.«

Denk nach, Waltraud, Kalli hat ihm die Mütze weggezogen.

Der Blonde. Ich erschrecke. Nie werde ich den finsteren Blick vergessen, als er in meine Küche rübergesehen hat. Damals, als er Roman aus dem Fenster geworfen hat, als alles anfing.

Der böse Engel, denke ich. Ich muss es laut gesagt haben, denn sofort fragt der Dicke nach:

»Böser Engel? Was meinen Sie damit?«

»Nun ja, er sieht aus wie ein Engel mit all den blonden Locken, aber er guckt so böse.«

»Konnten Sie das von dort oben sehen?«

»Nein, aber bei Roman.«

Ich sehe das verständnislose Gesicht mir gegenüber.

»Ach, verdammt«, bricht es aus mir heraus. »Hab ich alles Ihrer Kollegin erzählt, vor ein paar Wochen war das. Aber Sie denken ja, wer alt ist, spinnt.«

»Bitte langsam, Frau Friese. Bitte erklären Sie uns, wovon Sie sprechen.«

»Wenn Ihre Kollegin mich nicht für eine blöde Alte gehalten hätte, wäre das alles nicht passiert. Ich habe Ihnen den Jungen schon einmal beschrieben, als Roman aus dem Fenster geworfen wurde.«

Mühsam erkläre ich, was an jenem Morgen geschehen ist.

Warum verschweige ich die Drogen? Ich kann es nicht erklären. Wäre das nicht eine Gelegenheit, reinen Tisch zu machen? Wer weiß, vielleicht kannst du Anita damit retten.

Nein, Waltraud, die ist tot, das weißt du doch. Die halten sich doch keine Gefangenen.

»Hätten Sie damals zugehört, könnte Kalli noch leben«, fauche ich, weil ich nicht weinen will.

Wer hätte gedacht, dass ich je um Kalli weinen würde? Und um Anita.

»Wieso glauben Sie, dass es einen Zusammenhang gibt zwischen den Vorfällen?«

»Zweimal der gleiche Kerl? Glauben Sie, das ist ein wild gewordener Killer?«

»Haben Sie den Mann später noch einmal hier gesehen?«

Oh, oh, Vorsicht. Besser nicht von unserem Besuch drüben erzählen. Was machen die mit alten Leuten, die Drogen verstecken? Was für ein Glück, dass ich das Paket abgeschickt habe. Sollen sie doch die Wohnung durchsuchen. Frau Groote steht immer noch am Fenster und beobachtet mich. Fürchtet sie, dass ich auspacke? Dass sie dann auch mit dran ist? Schweige ich deshalb? Ich weiß es nicht, ich bin zu erschöpft, um darüber nachzudenken. Ich will alleine sein, meine Ruhe haben. Nein, ich will weg aus diesem mörderischen Haus. Fliehen. Irgendwohin. Aber die Polizisten lassen mir keine Ruhe.

»Wann?«

Ich muss mich besser konzentrieren, ich habe wieder etwas verraten. »Ein paar Tage später, da war ich morgens früh in der Küche«, erinnere ich mich erleichtert. »Da war er drüben in der Wohnung.«

Das muss reichen. Hilfe suchend sehe ich Frau Groote an.

»Wirf die Kerle raus«, flehe ich mit den Augen, und sie versteht. Diesmal gelingt es ihr, die Polizisten zum Gehen zu bewegen. Und sie? Geht sie auch? Noch lehnt sie am Fenster.

Ist das richtig?, frage ich mich, kaum dass die Männer das Zimmer verlassen haben.

Wer ist hier Freund, wer ist Feind?

Die Polizei, dein Freund und Helfer? Oder die, die mich einsperren, in ein Heim oder gar in den Knast. Und die Groote? Die freundliche Nachbarin oder die Drogenärztin, die gleich mit der tödlichen Spritze kommt.

Ich glaube, ich habe mich noch nie im Leben so allein gefühlt.

»Möchten Sie, dass ich gehe? Oder brauchen Sie Hilfe?«

Ich sehe sie unsicher an. Hilfe, oh ja. Aber von ihr?

»Sie misstrauen mir, Frau Friese, ist es das?«

Jetzt sieht sie müde aus, setzt sich langsam in den Sessel.

»Glauben Sie, dass ich mit dem Ganzen zu tun habe?«

Sie fährt mit den Fingern durch die kurzen Locken, verwuschelt die Haare noch mehr.

»Sie wissen mehr, als Sie gesagt haben, Frau Friese, und ich glaube, dass die Polizei das auch vermutet. Vielleicht sollten Sie für ein paar Tage verreisen. Haben Sie Verwandte irgendwo, die Sie besuchen könnten?«

»Damit ich nichts verrate?«

Jetzt lacht sie, müde, aber sie lacht.

»Nein, damit Sie am Leben bleiben. Es macht mir keinen Spaß, die Leichen von Nachbarn zu finden, auch wenn ich als Ärztin an den Tod gewöhnt bin. Was habe ich getan, dass Sie mir so misstrauen?«

Sag ich es ihr? Habe ich etwas zu verlieren? Egal, wie ich es drehe, ich bin ihr doch ausgeliefert. Kann ich auch reden, vielleicht hilft es mir.

»Dieser Unsinn mit dem Heizöl an dem Morgen, als bei mir eingebrochen wurde«, murmele ich und erkläre. Diesmal lacht sie befreiter, richtig fröhlich.

»Ach, das – ja, Frau Friese, da haben Sie mich wirklich auf dem falschen Bein erwischt. Ich hatte einen anstrengenden Nachtdienst und kam gerade von der Arbeit. Ich war nicht wirklich bei mir, das geht mir immer so nach solchen Nächten.«

Dann wird sie wieder ernst. »Man hat Ihre Wohnung durchsucht? Jetzt verstehe ich, warum Sie vorhin abgeschlossen haben.«

»Aber ich habe nichts hier, bestimmt nicht!«

»Nur wissen Sie, was dieses ›nichts‹ ist, nicht wahr?«

Mein Kopf schwirrt. Warum geht sie nicht? Warum sitzt sie da und fragt mich solche Sachen? Es ist zwei Uhr in der Nacht, ich bin müde. Ich will ihr nicht antworten. Ich reite mich ja nur noch tiefer hinein. Wer ist diese Frau? Freund oder Feind?

»Ich bin müde, Frau Groote, bitte, lassen Sie mich schlafen gehen.«

Rettet mich das? Für ein paar Stunden vielleicht. Sie steht auf, dem Himmel sei Dank.

»Schließen Sie gut ab, Frau Friese«, rät sie mir in der Tür, ihr Gesicht ist nur freundliche Besorgnis. Was ist dahinter?

»Was denkst du?«, möchte ich schreien. Aber ich murmele nur ein: »Ja, ja, gute Nacht.«

19

Es ist nicht zu Ende, ich weiß es, ich habe nur eine kleine Pause bis morgen früh. Wenn ich schon der Groote nicht gewachsen bin, wie soll ich ein Polizeiverhör durchstehen, ohne etwas zu erzählen. Aber warum eigentlich will ich nichts sagen?

Dieser Gedanke trifft mich wie ein Blitz. Meine ganze bisherige Strategie lief auf Stillschweigen hinaus. Aber nun, wo Anita verschwunden ist und Kalli tot, ist es da nicht an der Zeit, dieses kindische Abenteuerspielen zu lassen? Dazu haben wir doch die Polizei. Ich weiß, dass Anita dagegen war, aber vielleicht betet sie im Moment inbrünstig, dass ich die Polizei rufe, wenn sie denn überhaupt noch beten kann. Ich kann sie nicht fragen, ich muss selbst eine Entscheidung treffen. Wie schwer mir das fällt.

Würden die mich wirklich einsperren? Was habe ich denn getan? Drogen aus dem Haus geholt und hier versteckt. Das kann ja wohl nicht strafbar sein. Doch, Waltraud, der Besitz ist strafbar. Aber ich besitze sie nicht mehr, sie sind im Moment auf der Post.

Langsam stehe ich auf und schlurfe ins Schlafzimmer. Ins Bett gehen und warten, was passiert? Lasse ich wieder mit mir geschehen, was andere entscheiden?

Nein, nein und noch mal nein.

Nur, ich bin nicht so schnell, ich bin verwirrt und müde. Ich brauche eine Denkpause. Vor allem aber brauche ich Abstand von diesem mörderischen Haus.

Plötzlich schrecke ich zusammen.

»Du dumme Kuh!«, brüllt es von unten. Herr Berger. Oha, sie streiten. Hab ich ja all die Jahre nicht gehört.

»Ich hab's nicht vermasselt!«, schrillt die Frau. »Das war Kalli, dein Freund Kalli!«

Irgendetwas scheppert. Prügeln die sich etwa? Was sie noch schreien, kann ich nicht mehr verstehen.

Meine Müdigkeit ist wie weggeflogen. Weg, nur weg! Ich muss hier raus.

Schnell packe ich ein paar Sachen in meinen alten Rollkoffer.

Vielleicht sind Bergers zu sehr mit sich beschäftigt, um mich zu hören. So leise wie möglich öffne ich die Wohnungstür. Lausche. Undeutliche Stimmen von Bergers, sonst ist es still. Zum Glück leuchtet die Straßenlaterne durch die Treppenhausfenster, muss ich nicht das verräterische Flurlicht anmachen. Behutsam trage ich den Koffer die Treppe runter. Verdammte Holzdielen, knarrt doch nicht so!

Trotz meiner Eile bleibe ich im zweiten Stock einen Moment stehen, vielleicht erfahre ich was Nützliches.

»Kalli, Kalli, wenn ich den Namen noch mal höre!«, brüllt Herr Berger. Oh, Himmel, ist der jetzt im Flur? Kommt der gleich raus?

»Wie war er denn im Bett?«, schreit er. Ich zucke zusammen, so nah ist seine Stimme. Aber schon knallt eine Tür und nun ist es einen Augenblick still.

Steh hier nicht rum, Waltraud. Geh, wenn du gehen willst. Sicher ist die Groote auch noch wach bei dem Zirkus, den die Bergers veranstalten. Und die ist schlau, die hört die Treppe knarren, und schon weiß sie, was ich morgen Mittag denken werde. Aber im Ersten ist alles dunkel. Wie durch ein Wunder schaffe ich es unbemerkt bis zum Erdgeschoss. Es kostet mich einige Überwindung, den Flur zu betreten, auf dem Kalli vorhin noch gelegen hat. Ich mache einfach die Augen fest zu und taste zur Tür. Diesmal halte ich sie fest, damit sie nicht wieder ins Schloss knallt. War das erst heute Nachmittag, als ich genauso durchs Treppenhaus geschlichen bin? Es kommt mir vor, als wären Tage vergangen. Ich schüttle fassungslos den Kopf.

Keine Menschenseele weit und breit, auch kein Licht mehr aus den umliegenden Häusern. Selbst Bergers scheinen im Dunkeln weiterzustreiten. Die Polizei ist weg, nur ein Absperrband flattert noch an der Laterne. Die haben ja die ganze Straße abgesucht. Hörte man alles bis oben. Und die Scheinwerfer, richtig gespenstisch war das. Wozu noch, haben doch die Mütze, müssen doch genug Spuren drin sein von dem Jungen, Haare und so.

Ich will nicht hinsehen. Kalli ... Nein, denk nicht dran.

Hoffentlich kriegen sie ihn schnell, bevor ... bevor er mich kriegt. Weg hier, Waltraud. Ich setze den Rollkoffer aufs Pflaster und schiebe Richtung Haltestelle. Moment, Waltraud, Bahnen fahren um die Zeit nicht, such einen Taxenstand. Besondere Umstände erfordern besondere Maßnahmen. Und dann steigst du in den ersten Zug, der fährt, muss ja nicht weit sein, nur weg hier.

Wie still es ist. Muss die dunkelste Zeit der Nacht sein. Wann bin ich zuletzt zu so einer Zeit unterwegs gewesen und dann auch noch alleine? Ich kann mich nicht erinnern, seit Hans-Georg nicht mehr, und vorher? Galt ein Mädchen ja als leichtfertig, wenn sie alleine durch die Nacht ging. Ach ja, hat sich einiges geändert. Gut so. Ich kann mir nicht helfen, ich fange an, den Spaziergang zu genießen. Zugleich gruselt es mich ein bisschen. Nirgendwo ist Licht, nur die Straßenlaternen werfen schmale Kegel aufs feuchte Pflaster. Der Rollkoffer quietscht ein wenig.

»Wuff.«

Ich fahre zusammen. Vor mir hebt der dicke gelbe Hund sein Bein. Wo kommt der so plötzlich her? Schwanzwedelnd reckt er mir seine Schnauze entgegen. Ich sehe ihn verblüfft an, schaue mich ängstlich um. Da muss doch jemand sein, der muss doch zu jemandem gehören.

»Zu dir«, scheint er zu sagen, denn nun leckt er sanft meine Hand. Ich tätschele seinen Kopf und flüstere: »Ist ja gut, wo ist denn dein Herrchen oder Frauchen?«

Er drängt sich an mich, schiebt seine Schnauze unter meine Hand.

»Noch mehr Liebe?«, frage ich gerührt und streichle sein weiches Fell. Wenn er eine Katze wäre, würde er schnurren, denke ich lächelnd.

Das geht doch nicht, mahne ich mich. Ich kann doch nicht die Nacht hier verbringen, bin ja noch keine zweihundert Meter von zu Hause weg.

»Keine Zeit, Hund«, klage ich und gehe traurig weiter.

Der Hund folgt mir. Ich drehe mich irritiert um.

»Du kannst doch nicht mit.«

Er wedelt wieder mit dem Schwanz, er scheint mich anzulächeln und trabt einfach weiter. Jetzt läuft er vor mir her, sieht sich immer wieder nach mir um, und, ja, ich habe das Gefühl, er führt mich. Wohin? Lasse ich zur Abwechslung mal einen Hund entscheiden. Dümmer als ich kann er sich kaum anstellen. Der Hund zuckt mit den Ohren, bleibt immer einen Schritt vor mir. Also trotte ich langsam hinterher. Immerhin stimmt die Richtung.

Da kommt mir ein Gedanke. Ein sehr beängstigender Gedanke.

»Wotan!«, rufe ich leise. Sofort spitzt er die eckigen Ohren, wendet sich zu mir und bellt verhalten. Als ob ihm klar wäre, dass wir keinen Krach machen dürfen. Bringt er mich etwa zum Blonden? Dann nichts wie weg hier in die entgegengesetzte Richtung! Verzweifelt und zutiefst frustriert schaue ich auf das freundliche Tier.

Da höre ich eine leise Stimme:

»Gottfried!«

Wotan hebt den Kopf und trabt ein bisschen schneller, sieht sich aber immer wieder nach mir um.

Aus einem der Häuser vor mir fällt Licht auf den Weg, nicht nur die Fenster sind hell erleuchtet, auch die Außenlampe ist an. Das Häuschen kenne ich, komme ja oft genug hier vorbei. Da wohnt kein junger Mann, da sitzt auch immer eine alte Frau am Fenster und guckt.

Jetzt aber steht sie, auf einen Stock gestützt, an der Vorgartenpforte und erwartet uns. Uns?

»Gottfried!«, ruft sie wieder mit zittriger Stimme. Der Hund – wie denn nun, Wotan oder Gottfried? – springt an ihr hoch und winselt vor Freude. Sein Schwanz fegt durch die Luft.

Die Frau sieht mir aufmerksam entgegen.

»Wen bringst du denn da, Gottfried? Besuch? Das ist aber lieb von dir.«

Dabei sieht sie von dem Hund zu mir, der mich nun auch in seine Freude einschließt und mich einmal leise jaulend umspringt. Ich stehe unschlüssig da, auf dem Fußweg mitten in der Nacht mit meinem Rollkoffer – und weiß nicht, was ich tun soll. Die Frau lacht plötzlich los, leise, aber herzlich.

»Guten Morgen oder gute Nacht, was sagt man zu so einer Zeit? Ich bin Frau Tietjen.«

Sie reicht mir ihre Hand, knochige Finger, verkrümmt, aber noch mit lebendigem Druck.

»Friese«, murmele ich verlegen. Gehe ich nun weiter? Wenn ich behaupte, ich habe es eilig, mache ich mich lächerlich. Aber Frau Tietjen sprüht vor Vergnügen.

»Ein Treffen der alten Frauen mitten in der Nacht, eingefädelt von einem Hund, übrigens ein Rüde. Ist der nun ein Zuhälterhund?«

Sie lacht wieder, diesmal lauter. »Das ist doch eigentlich ein Grund zu feiern. Es geht mich nichts an, ich weiß, aber die Neugier hat mich jung gehalten. Wo wollen Sie hin um diese Zeit?«

Gute Frage. Was tue ich hier eigentlich, bin fluchtartig losgerannt, ohne wirkliches Ziel. Frau Tietjen deutet mein Zögern falsch. Sie wird ernster.

»Entschuldigen Sie, Frau Friese, ich wollte nicht zudringlich werden. Es sah ganz so aus, als würde Gottfried Sie führen. Darum habe ich mir überhaupt die Freiheit genommen, Sie anzusprechen. Sie wohnen doch hier in der Nähe, nicht wahr? Vom Sehen kenne ich Sie wohl. Aber woher kennen Sie Gottfried?«

»Ich dachte, der heißt Wotan.«

»Ja, mag sein, dass sein neuer Besitzer ihn so genannt hat. Ich habe ihn Gottfried genannt, nach meinem verstorbenen Mann, wissen Sie. Es gab da eine gewisse Ähnlichkeit.«

Sie bläst ihre Backen auf.

»Kennen Sie den jungen Mann? Wissen Sie, ob er gut für Gottfried sorgt?«

»Nein, nein, ich kenne ihn gar nicht, habe nur durch Zufall seinen Namen gehört. Er ist, äh … der junge Mann ist nicht hier?«

Ich weise auf das Häuschen.

Frau Tietjen kneift kurz die Augen zusammen, die Frage überrascht sie.

»Nun, ich kenne natürlich seine Personalien. Ich wollte Gottfried schließlich nicht an jeden x-Beliebigen abgeben, aber Kontakt habe ich keinen mehr, leider. Und ich mache mir so meine Gedanken. Sicher, Gottfried sieht gut aus, das schon. Aber er kommt mich regelmäßig besuchen, meistens nachts. Er hat es wohl nicht verstanden, dass ich nicht mehr sein Frauchen bin. Ich kann nicht mehr mit ihm raus, wissen Sie, ich kann kaum noch laufen. Das ist doch nichts für einen noch jungen Hund, immer in der Wohnung.«

Schweigend stehen wir da und schauen auf Wotan-Gottfried, der im Vorgarten herumschnüffelt.

»Wenn Sie nicht unbedingt jetzt weitermüssen, dann kommen Sie doch einfach mit herein. Mir wird kalt. Ich wollte nur sicher sein, dass Gottfried sich nicht im Garten versteckt.«

Damit wendet sie sich um und schleppt sich mühsam zur Haustür.

»Ich, äh, ich möchte Sie nicht stören, um diese Uhrzeit, also, es ist mir ja schon peinlich«, stottere ich, zugleich zieht mich das warme Licht magisch an.

»Das muss Ihnen nicht peinlich sein, ich meinte es ernst vorhin. Ich schlafe so schlecht, wissen Sie, wenn ich länger liege, tun mir alle Knochen weh, kein Fett mehr, sehen Sie.«

Sie schlägt sich auf die mageren Hüften.

»Was hätte ich früher darum gegeben, so dünn zu sein, und jetzt wünsche ich mir ein bisschen mehr Speck auf den Rippen. Aber daraus wird wohl nichts mehr. Ich bin zweiundneunzig, wissen Sie, dicker werde ich nicht mehr, ich werde immer weniger. Nicht dass es mich wirklich stört.«

Sie lacht und schiebt mich in ihren Hausflur.

»Zweiundneunzig? Oh, da bin ich ja noch ein junger Hüpfer.«

Sie lacht wieder – ob sie auch Pillen nimmt, wie Anita? Ein Blick in ihr Gesicht überzeugt mich: Diese Frau braucht keine Chemie. Hunderte von Lachfalten und Fältchen umkränzen ihre Augen, die wach und klar wie Murmeln auf mir ruhen. Spontan denke ich, wie schön dieses alte Gesicht ist, wie leblos und langweilig dagegen Helgas straffe Haut.

Gottfried ist unaufgefordert mit in die Wohnung gekommen. Frau Tietjen scheint das nicht ganz recht zu sein.

»Gottfried, das geht doch nicht«, klagt sie. »Du musst doch zurück zu deinem neuen Herrchen.«

Aber Gottfried hat sich schnell unter dem Wohnzimmertisch zusammengerollt und schnauft vor Zufriedenheit. Sein Schwanz klopft rhythmisch auf den Boden. Er pliert unter dem Tisch hervor, Schnauze auf den Pfoten. Wieder sieht er aus, als würde er grinsen.

Unschlüssig stützt sich die alte Frau auf die Stuhllehne und sieht auf den Hund. Wie sie den hier wieder rauskriegen will, ist mir ein Rätsel.

Sie seufzt, vermutlich denkt sie das Gleiche. Dann dreht sie sich zu mir um und deutet auf einen Sessel.

»Bitte, legen Sie doch ab und setzen Sie sich. Nehmen Sie es mir nicht übel, aber zu gastgeberischen Höflichkeiten bin ich nur noch eingeschränkt in der Lage. Sie müssen sich also schon selbst ein Glas nehmen oder eine Tasse, wenn Ihnen eine Tasse Kaffee lieber ist.«

Sie deutet auf einen Schrank.

»Ich hole inzwischen mal was zum Anstoßen.«

Ich öffne die gläserne, fein verzierte Tür des alten Schranks, ein wunderschönes Stück, muss sehr alt sein. Behutsam streiche ich über das Holz, es glänzt vom vielen Polieren und fühlt sich fast weich an. Mmm, wie ich diese Möbel liebe, die noch von Könnern gefertigt wurden. Nicht diese Pappe-drauf-und-fertig-Produktion.

Wo setze ich mich hin? Der grüne Sessel scheint ihr Platz zu sein, die Armlehnen glänzen, eine Fußbank steht davor. Auf dem Tisch daneben eine benutzte Tasse, ein leeres Glas. Also nehme ich diesen herrlich bequem aussehenden Ohrensessel. Liebe Güte, hoffentlich komme ich hier je wieder raus. Während ich mich zurechtsetze, schaue ich mich um.

»Ich sehe, Sie sind auch neugierig. Gucken Sie sich nur um, Neugier hält jung.«

Sie hält mir eine Flasche Rotwein entgegen, nickt fragend, und als ich lächelnd zustimme, schenkt sie ein. Dann sinkt sie aufseufzend in den grünen Sessel, setzt ihre Füße auf die Bank und hebt das Glas.

»So, zuerst einmal trinken wir auf unsere Begegnung. Prost, Frau Friese!«

Sie lacht wieder leise und trinkt einen Schluck.

Oh, dieser Wein tut gut.

Ich lehne mich zurück und fühle mich einfach nur wohl. Dabei bin ich bei andern Leuten doch sonst eher scheu. Aber ich habe das Gefühl, als würde ich Frau Tietjen schon ewig kennen. Nur, wieso kenne ich Gottfried dann nicht? Aber wenn er immer im Haus war ...

Sie unterbricht meine Gedanken.

»Nun, Frau Friese, gestatten Sie, dass ich so direkt nachfrage: Wovor fliehen Sie?«

Ich werde rot.

»Fliehen? Wie, also ...«

»Man muss nicht hellsehen können, um zu begreifen, dass Sie auf der Flucht sind. Es ist zwar inzwischen fast siebzig Jahre her, dass ich Flüchtlinge gesehen habe. Aber so, wie sich mir diese Menschen damals eingeprägt haben, ihre Gesichter, ihre Haltung, all das habe ich in Ihnen vorhin wiedergesehen. Auch wenn Sie weniger Gepäck haben.«

Sie lächelt kurz.

»Das war auch mein eigentlicher Grund, Sie hereinzubitten. Entschuldigen Sie meine direkte Art, aber Sie sahen so verloren aus.«

Verlegen spiele ich mit dem Glas. Wie treffend sie mich beschrieben hat. Alles auf einen Blick?

»Wen fürchten Sie so, dass Sie mitten in der Nacht aufbrechen?«

Ich gebe mir einen Ruck.

»Gottfrieds Herrchen, Frau Tietjen. Er, er hat ... er ist ein Mörder.«

Mörder. Das Wort passt nicht hier in die Wohnung, aber es muss gesagt werden.

Sie sieht mich mit großen Augen an.

»Sie sehen nicht so aus, als würden Sie scherzen.«

Liebe Güte, hat sie nicht gesagt, sie kennt seine Personalien?

Panik erfasst mich. Was, wenn sie mir nicht glaubt? Was, wenn sie den Jungen doch besser kennt? Es wurde so viel gelogen in letzter Zeit. Ich bin so naiv und gutgläubig einfach hier mitgekommen. Weil die Frau alt ist und mir nicht schaden kann. Weil es ein warmer Platz in der dunklen Nacht war. Weil ich doch gar nicht wusste, wohin eigentlich.

»Wen hat er denn ermordet?«, fragt sie vorsichtig.

»Meinen Nachbarn, Kalli, äh ... Brodtmann, wir haben einfach nur Kalli gesagt, dabei ist er doch schon über fünfzig sicherlich, er wohnt unten im Erdgeschoss.«

Ihr scharfer Blick bringt mich wieder zum Thema, auch wenn sie nichts sagt.

»Sie haben gekämpft. Vorhin auf der Straße. Und da hat der Junge den Kalli erstochen. Er hat mich gesehen, und da hatte ich solche Angst, dass er zurückkommt. Ich weiß auch gar nicht, wer noch im Haus verwickelt ist. Ich, ich ... ich wollte einfach nur weg.«

Die alte Dame nippt an ihrem Wein.

»Die Polizei war doch sicherlich bei Ihnen. Haben Sie denen denn erzählt, was Sie wissen?«

»Ja, nein, äh, ich war noch so verwirrt. Über Gottfrieds Herrchen wusste ich ja auch nichts weiter.«

»Frau Friese, dann wäre es am besten, wenn ich die Polizei anrufe, ist Ihnen das recht?«

Ich nicke nur, meine Hände verkrampfen sich. Es muss so sein, wieder ist die Entscheidung gefallen, wieder nicht von mir, aber ich spüre, ich kann nicht weiter weglaufen.

»Sie haben mir ihre Karte gegeben. Warten Sie, wo ist sie denn?«

Ich krame in meiner Handtasche.

»Ich muss sie auf dem Tisch liegen gelassen haben, fürchte ich. Dumm, aber den Namen habe ich nicht behalten, ich war doch noch so erschrocken, verstehen Sie?«

Frau Tietjen nickt nur.

»Das macht sicher nichts. Ich rufe auf dem Revier an, so viele Morde wird es in dieser Nacht ja nicht gegeben haben.«

»Wie traurig«, entfährt es mir. »Ich habe hier das Gefühl, auf einem kleinen Fleckchen Frieden zu sitzen. Und jetzt hole ich das Elend herein.«

»Das sehe ich anders, wir holen Hilfe, damit nicht noch mehr Elend geschieht. Es ist alles eine Frage des Standpunktes, wissen Sie.«

Mit diesen Worten zieht sie ein Handy aus der weiten Jackentasche. Als sie meinen erstaunten Blick sieht, erklärt sie:

»Wissen Sie, Frau Friese, ich sorge dafür, dass ich alles, was ich so brauche, in greifbarer Nähe habe. Ich bin nicht mehr beweglich genug, um wegen jedem bisschen herumzulaufen. Was glauben Sie, wie viele Telefongespräche mir entgangen sind, weil ich es nicht rechtzeitig zum Apparat geschafft habe. Da sind diese Handys ein Segen.«

Sie tippt die Nummer.

»Nur die Tasten sind nicht für Gichtfinger geeignet«, knurrt sie etwas ungehalten.

Ich trinke einen Schluck Wein gegen die aufsteigende Anspannung. Nun kommt alles raus. Ich sehe mich mit den Augen dieser Frau und denke: Wie konnte ich in so eine dumme Geschichte geraten? Warum habe ich auf Anita gehört? Wegen des Geldes?

Nein, sicher nicht. Weswegen dann?

Weil da jemand war, mit dem ich lachen konnte. Jemand gegen die Einsamkeit.

Ich schüttle leicht den Kopf. Wie zur Antwort fegt Gottfrieds Schwanz über meine Füße. Ach, Hund, und was wird nun aus dir?

»Sie hörten sich erst nicht sehr interessiert an, aber der Name Kalli Brodtmann hat sie aufgeweckt.«

Sie trinkt einen Schluck, schließt genießend die Augen, dann fixiert sie mich wieder.

»Während wir warten, könnten Sie mir vielleicht etwas mehr erzählen. Nur was Sie möchten, natürlich. Aber Sie verstehen sicherlich, dass ich neugierig bin.«

Erzählen. Ja. So gerne.

Trotzdem fasse ich mich kurz, will fertig sein, bevor die Polizei kommt. Frau Tietjen hört aufmerksam zu. Nur, als ich das Paket erwähne, kichert sie ein bisschen.

Draußen hält ein Auto, Türen klappen.

Gottfried hebt den Kopf, springt in den Flur und bellt. Sofort bekomme ich Angst. Der Junge!? Kommt der mit dem Auto?

Als könne sie meine Gedanken lesen, beruhigt mich Frau Tietjen.

»Die Polizei. Sonst würde er sich fröhlicher anhören. Hoffe ich doch.« Ächzend stützt sie sich auf die Armlehnen, um zur Tür zu gehen. Ich nehme all meinen Mut zusammen und stehe auf.

»Ich mache schon auf«, biete ich an.

Es ist die Polizei, nicht der Junge, murmele ich wie ein Gebet, während ich zur Tür gehe. Schon klingelt es, und Gottfried beginnt zu knurren. Ich muss ihn mit dem Fuß zur Seite schieben, ehe ich öffnen kann. Vor mir steht der Dicke von vorhin, hinter ihm sein Kollege. Beide sind offensichtlich erstaunt, mich hier zu treffen, das sehe ich ihnen an, auch wenn der Dicke versucht, es mit einem Scherz zu überspielen.

»Guten Morgen, Frau Friese, Sie sind ja noch schneller als wir. Darf ich Miss Marple zu Ihnen sagen?«

Blödmann, denke ich. Der andere Polizist sieht mir meinen Ärger an, er hebt nur müde lächelnd die Schultern. Gottfried knurrt leise, aber Frau Tietjen ruft ihn zur Ordnung. Der Hund schüttelt heftig den Kopf, dass die Ohren schlackern, gehorcht aber sofort.

Frau Tietjen kommt gleich zur Sache.

»Dieser Hund hat einmal mir gehört, jetzt hat er einen neuen Besitzer, Herrn Andreas Körber, seine Adresse habe ich hier. Nach Beobachtung von Frau Friese ist er der junge Mann, der Kalli Brodtmann vor ein paar Stunden erstochen hat.«

Die Männer sehen von ihr zu mir. Die alte Frau reicht den Polizisten eine Visitenkarte. Der Hagere nimmt sie, liest und bittet Frau Tietjen:

»Beschreiben Sie bitte Herrn Körber.«

Die alte Frau hat einen guten Blick für Leute. Die Männer nicken immer wieder. Auch ich erkenne den bösen Engel sofort.

Der Polizist geht kurz in den Flur. Wir hören ihn sprechen. Als er zurückkommt, erklärt er:

»Die Kollegen versuchen, ihn zu finden. Und jetzt zu Ihnen, Frau Friese. Nun berichten Sie uns mal, was Sie vor vier Stunden nicht sagen konnten – oder wollten.«

Was bleibt mir anderes übrig? Aber dass Anita und ich die Drogen gefunden haben, das erzähle ich nicht, bin nicht verpflichtet, mich selbst reinzureiten. Lebensmittel haben wir geholt, sage ich. Mehr nicht.

20

Frau Tietjen lässt mich in ihrem kleinen Gästezimmer im oberen Stockwerk schlafen. Eigentlich lohnt es sich kaum noch, ins Bett zu gehen, es ist ja schon fast Morgen. Das Zimmer nutzt sie wohl überwiegend als Abstellraum, allerlei Kram liegt herum. Aber ich bin inzwischen so müde, dass mich das nicht stört, ich schlafe sofort wie ein Stein. Vielleicht liegt es daran, dass ich mich erst nicht zurechtfinde, als ich durch lautes Gebell und die zornige Stimme von Frau Tietjen wach werde.

»Verlassen Sie sofort dieses Haus«, höre ich ihre energischen Worte.

»Tut mir leid, Frau Tietjen, aber Sie werden mich eine Weile hier beherbergen müssen, ich habe ein paar Probleme mit meiner Wohnung.«

Eine Männerstimme, eine junge Männerstimme. Ich sitze starr im Bett und lausche. Ist mein Albtraum wahr geworden?

Wildes Gebell übertönt alles Weitere.

»Halts Maul, Wotan!«

Der Hund jault.

»Wagen Sie es nicht, den Hund in meiner Gegenwart noch einmal anzuschreien!«

»Sie vergessen, dass der Hund jetzt mir gehört. Ich möchte es übrigens nicht, dass Sie ihn hierbehalten.«

»Er kommt freiwillig. Warum wohl, Herr Körber? Wenn Sie ihm ein Halsband umtun, kann ich ihn auch wegführen. Ohne Leine geht er nicht, das wissen Sie. Und jetzt bitte ich Sie, das Haus zu verlassen. Und Gottfried oder Wotan nehmen Sie wohl oder übel mit.«

»Mein Hund bekommt keine Leine, Frau Tietjen, der darf frei herumlaufen. Für Sie gilt das im Moment leider nicht. Bitte, gehen wir ins Wohnzimmer.«

Die Stimmen werden leiser, ich verstehe nichts mehr.

Ein Handy, ein Königreich für ein Handy! Nie wieder werde ich ein Wort gegen dieses Teufelszeug, nein, dieses Wunder der Technik sagen. Fieberhaft sehe ich mich im Raum um. Gibt es irgendetwas, das ich machen kann? Zum Glück liegt das Gästezimmer zwar zur Straße, aber nicht genau über dem Wohnzimmer. Wenn ich also aus dem Bett steige, wird man das unten nicht hören können. Hoffe ich doch wenigstens.

Ich ziehe mich leise an. Irgendwie erscheint es mir angemessener, dem Mörder voll angekleidet entgegenzutreten.

Da fällt mein Blick auf einen Stapel Geschenkpapier. Vielleicht …

Gaaanz leise, Waltraud, jetzt keinen Fehler machen!

Ein dicker Filzstift liegt auch herum, Dank dem Himmel für Frau Tietjens Ordnung. Ich schreibe, so groß es geht: »Hilfe! Polizei rufen!«, und schleiche mit diesem Zettel ans Fenster hinter den dicken Vorhang. Wie spät es wohl ist? Ob schon Menschen auf der Straße sind? Selbst wenn, wer schaut schon in den ersten Stock hoch? Ja, da gehen ein paar Kinder auf dem Weg zur Schule, aber die gucken auf den Boden. Ob ich riskiere, das Fenster zu öffnen? Besser nicht, es sieht alt aus, das knarrt sicher. Außerdem zieht es dann unten womöglich. Dann kann ich auch gleich schreien.

Geduld, Waltraud! Ich halte das Schild ans Fenster, aber schnell wird meine Hand kalt und müde. Wo Geschenkpapier ist, ist sicher auch Klebestreifen, so gut organisiert, wie die alte Frau ist. Ja, da. Aber leise.

Huch, fast fällt mir der Stapel Kartons runter. Vorsicht, Waltraud, nur leise.

Meine Finger zittern, als ich das Papier am Fenster befestige. Hoffentlich kann man es lesen von außen. Ist es groß genug? Zu spät, besser geht es nicht. Ein kleines Mädchen hüpft vorbei. Sie schaut hoch. Sie bleibt stehen. Ich winke und lege ganz schnell den Finger auf die Lippen. Ist unten noch der Vorhang vor? Vor meinem inneren Auge sehe ich den Blonden am Fenster stehen und sich wundern, was dieses Kind da draußen macht. Es hüpft auf einem Bein, tut so, als würde es spielen, und schaut immer wieder zu mir hoch, scheinbar zufällig, aber so einen wie den Blonden wird es nicht täuschen. Ich zeige auf das Schild, mache mit dem Finger eine Wählbewegung.

Ach, nicht wählen, kein Kind kennt heute noch eine Wählscheibe. Ich hebe die Hand ans Ohr.

Plötzlich erstarrt die Kleine, schaut zum Fenster im Erdgeschoss, wirft noch einen scheuen Blick nach oben und stürzt davon. Auch ich trete erschrocken einen Schritt zurück.

Unsinn, Waltraud! Du doch nicht.

Was wird sie tun? Ich bin nicht sicher, dass sie mich verstanden hat. Vielleicht erzählt sie ihrer Lehrerin von mir. Aber das kann dauern. Wenn die ihr überhaupt glaubt.

Aber vielleicht unterschätze ich sie, vielleicht hat sie ein Telefon, vielleicht … zu viel *vielleicht*.

Ruf an, Kind, ich bitte dich.

Wo sind denn die Erwachsenen? Die fahren mit dem Rad vorbei, ohne Blick auf die Häuser, oder im Auto, die sehen erst recht nichts. Wenn die Schulkinder erst mal weg sind, ist die Gelegenheit vorbei, dann, das weiß ich, passiert auf der Straße längere Zeit nicht mehr viel.

Mädchen, ruf an, flehe ich und lausche nach unten, von wo leises Stimmengemurmel nach oben dringt. Solange er nichts von mir weiß, haben wir eine Chance. Was wird er tun, wenn er mich hier findet?

Da, ich halte den Atem an. Eine Tür geht.

»Sie können mir nicht untersagen, in meinem eigenen Haus die Toilette zu benutzen, mein Herr.«

»Na gut, aber da werfe ich erst mal einen Blick rein.«

Türen klappern, dann ist es einen Moment still, und ich höre ihn knurren: »Na gut, aber schließen Sie die Tür nicht ab. Sonst, äh …, sonst trete ich sie ein.«

Der redet ja wie im Fernsehen, denke ich bei aller Angst. Ich hoffe auf die weiten Taschen der Frau Tietjen und dass sie ihr Handy wieder dabeihat. Obwohl, wie kann sie unbemerkt reden, wenn er sie beobachtet?

Mir klappern die Zähne vor Aufregung und Angst. Wieder kommt unten eine Gruppe Menschen vorbei, aber auch die schauen auf den Boden. Was gibt es da nur zu sehen, dass alle immer nur runterstarren, frage ich mich verzweifelt.

Hoffentlich ruft das Mädchen an.

Inzwischen ist unten die Wasserspülung zu hören. Hat sie es geschafft? Wer weiß. Verlass dich nicht drauf, Waltraud.

Da klackern Krallen auf der Treppe. Oh nein, Gottfried, nicht!

»Gottfried, bleib hier«, befiehlt Frau Tietjen. Selbst für mich ist die Angst in ihrer Stimme nicht zu überhören.

Ich starre auf die Tür, hab ich sie zugeklinkt? Gottfried mag wohl nicht gehorchen, er schnüffelt jetzt laut vernehmlich an meiner Zimmertür. Bitte, Hund, nicht bellen!

Es kommt, wie es kommen muss.

»Haben Sie etwa Besuch, Frau Tietjen?«

Oh, wie kalt auf einmal die Stimme klingt. Vor Angst friert mir der Verstand ein. Schritte auf der Treppe!

Ein schneller Blick zurück auf die Straße.

Da, der Radfahrer, der guckt herum. Ob er mich sieht?

Zu spät. Weg vom Fenster! Schnell!

Der Vorhang fällt schwer an seinen Platz.

Da, noch ne Ritze, zieh das zu!

Heftig atmend stehe ich am Bett, als die Tür mit einem kräftigen Ruck geöffnet wird. Gottfried drängt sich zuerst herein, sodass der Kerl fast stolpert.

»Wotan, verdammt!«, flucht er, aber eigentlich nicht mal sehr zornig. Dann sieht er mich, und er erkennt mich sofort.

»Ach nein!«, er atmet scharf aus. »Sie!«

Er steht für einen Moment reglos. Der Einzige, der sich rührt, ist Gottfried. Der leckt mir begeistert die Hand. Mechanisch beginne ich, sein Fell zu streicheln, während wir uns noch immer gegenüberstehen und fixieren.

Was tun, was tun?, hämmert es in meinem Kopf, während ich mich an Gottfrieds Fell festhalte. Kann man den nicht dazu bringen, diesem Mann an die Gurgel zu gehen?, denke ich verzweifelt.

Andreas Körber, der Mörder. Wie kann einer so nett aussehen und ein Verbrecher sein? So aus der Nähe wirkt er noch viel mehr wie ein netter Junge, adrett und frisch. Nur die sehr tiefe Falte auf seiner Stirn lässt ihn böse aussehen. Dabei scheint er eher ratlos zu sein. Mit *zwei* alten Frauen hat er sicher nicht gerechnet.

Wie lange stehen wir da und starren uns an? Minuten?

Bei aller Angst spüre ich auch eine verrückte Erleichterung. Vor *dem* bin ich also seit drei Wochen auf der Flucht.

Gut, dass das vorbei ist. Kein Warten mehr und kein Lauschen, kein Zittern mehr und kein Hoffen. Jetzt entscheidet es sich. Gut möglich, dass er sich entscheidet, uns zu töten, denke ich unnatürlich klar und kalt. Aber das muss er erst mal umsetzen. Auch wenn wir alt und gebrechlich sind, wir sind zu zweit.

Spricht das für ihn, dass er unschlüssig ist? Kann sein, dass auch ihm der Gedanke an die Ermordung zweier alter Damen schwerfällt. Dass das mit Kalli eher ein Unfall war.

Und Roman? Wunschträume, Waltraud. Mach den Mann nicht zum Unschuldslamm, nur weil er so aussieht.

»Verdammt, was macht die Alte da unten inzwischen?«, zischt er plötzlich wütend und wirft einen schnellen Blick nach unten. Dann schaut er sich prüfend im Zimmer um.

»Sie kommen mit runter. Und wenn Sie ein Handy haben, legen Sie es hier auf das Bett. Sie möchten ja sicherlich nicht, dass ich Sie filze.«

»Ich habe keines, leider«, fauche ich.

Er grinst mit einem Mal.

»Ja, verstehe ich gut, dass Sie das ärgert, aber lassen Sie man, das erspart Ihnen nur eine Menge Probleme.«

Schon wendet er sich wieder der Treppe zu.

Mach langsam, Waltraud, gib Frau Tietjen Zeit.

Zu was? Vielleicht weiß er von ihrem Handy und hat es ihr weggenommen. Egal, solange wir an verschiedenen Orten sind, kann er sich nicht um uns beide kümmern.

Aber das sind doch nur Minuten.

Und wenn, denk an den Mann mit dem Rad. Vielleicht hat er das Schild ja gesehen. Langsam schlurfe ich also zum Treppengeländer, verschnaufe dort erst mal. Das ist sogar echt. Mir zittern nämlich die Beine.

»Los, los«, drängt er, schiebt sich an mir vorbei und springt nach unten. Ich stehe einen Moment unschlüssig, während dieser Andreas am Treppenabsatz wartet, mal ins Wohnzimmer blickt, mal zu mir hoch. Gottfried hält das Ganze für ein tolles Spielchen und rast wie verrückt immer wieder die Stufen rauf und runter. Dabei bellt er vor Vergnügen und fegt mit dem Schwanz durch die Luft. Ich kann nicht anders, ich muss lächeln. Da begegnen sich unsere Blicke, und ich sehe, dass auch Andreas' Gesicht sich einen Moment lang entspannt.

Er schiebt mich ins Wohnzimmer und dirigiert mich in den Ohrensessel. Er selbst bleibt in der Nähe der Tür, wo ein großer Rucksack an der Wand lehnt. Frau Tietjen sitzt schon in ihrem Sessel. Müde sieht sie aus.

»Guten Morgen, Frau Friese«, grüßt sie mich trotzdem freundlich. Und, als ob der Junge überhaupt nicht im Raum wäre:

»Schade, dass Gottfried Sie verraten hat. Aber da Sie meines Wissens nicht über ein Handy verfügen, macht es am Ende auch keinen Unterschied.«

Sie tätschelt Gottfrieds Kopf und sieht merkwürdig unbeteiligt aus. Die Frau hat Nerven!

Hat sie denn keine Angst? Dann muss sie verrückt sein. Oder hat sie es doch geschafft, die Polizei anzurufen? Aber dann wären die doch längst hier, das ist doch schon eine Ewigkeit her.

Eine Ewigkeit? Ach was, ein paar Minuten vielleicht. Nervös knete ich meine Hände.

Munter plaudert sie weiter.

»Was das Leben so mit sich bringt! Da muss ich erst zweiundneunzig werden, um mit einem Mörder am Tisch zu sitzen. Halt, nein, ich korrigiere mich, mit jemandem, von dem ich weiß, dass er ein Mörder ist.«

»Mörder! He, Moment, reden Sie von mir? Ich habe niemanden umgebracht.«

»Doch, Kalli«, werfe ich ein.

Er wird blass.

»Wieso? Der ist tot? Aber wieso denn? Wir haben uns geprügelt, o. k., aber ...«

»Sie haben ihn erstochen, schon vergessen?« Fassungslos sehe ich ihn an. »Wie kann man so etwas vergessen?«

»He, Moment mal. Erstochen?« Er schüttelt heftig den Kopf. Wieder gräbt sich diese tiefe Falte in seine Stirn, lässt ihn zehn Jahre älter aussehen.

»Ich hab ihn doch gar nicht richtig erwischt. Sie wollen mich reinlegen.«

»Ach, Junge, lügen Sie doch nicht. Warum wären Sie sonst hier?«

»Mal langsam, langsam. Ich lüge nicht. Ich hab den Blödmann nicht erstochen, nur ein bisschen geritzt. Wie kann er denn tot sein?« Wütend, aber auch unsicher schaut er von Frau Tietjen zu mir.

Mir scheint, er wusste es wirklich nicht. Wie muss er sich fühlen? Zu wissen, dass er wen getötet hat. Aber ist ja nicht das erste Mal, da ist ja noch Roman.

»Scheiße, dann suchen die mich also wegen Mord?«

Er kaut an seiner Unterlippe.

Frau Tietjen bleibt immer noch ruhig. Wie schafft sie das nur?

»Nun sagen Sie mal, Herr Körber, wie stellen Sie sich das weiter vor hier mit uns?«

»Erst mal will ich wissen, wer alles Bescheid weiß, also, über Kalli und so.«

»Und so?« Sie hebt die Augenbrauen.

»Frau Tietjen, strapazieren Sie nicht meine Geduld. Wenn dieser Kalli wirklich tot ist, habe ich nicht mehr viel zu verlieren, ist Ihnen denn nicht klar, dass das Ihre Situation nicht gerade verbessert?«

Ich erschaudere, jetzt ist er wieder der böse Engel.

»Ob ich nun wegen einem oder drei Morden in den Knast wandere, das ist dann auch egal. Lebenslänglich ist lebenslänglich. Mehr geht nicht. Wenn sie mich denn kriegen.«

»Vier Morde. Gottfried, oh, verzeihen Sie, Wotan müssen Sie auch töten, den können Sie schlecht mitnehmen auf die Flucht.«

Ich stöhne leise auf. Sie strapaziert auch meine Nerven aufs Äußerste.

Der Junge fletscht die Zähne, oder soll das ein Grinsen sein?

»Lassen Sie Wotan aus dem Spiel, Frau Tietjen. Haben Sie die Polizei informiert?«

»Ja, natürlich, heute Nacht.«

Die Situation ist fast genauso, der Sessel ebenso bequem, das sanfte Licht der Lampe, die schweren Vorhänge, die Weinflasche und die Gläser stehen noch auf dem Tisch. Doch wie anders ist die Stimmung. Nichts mehr von gemütlich und geborgen, ein Gefühl, das selbst die Kriminalbeamten nicht hatten ändern können. Trotzdem muss ich es mir immer wieder ins Gedächtnis rufen, dass dieser höfliche, ruhige Mann dort ein Verbrecher ist.

»Ihre Situation ist schwierig, junger Mann, Sie müssen uns beide im Auge behalten. Andererseits, da Sie nun mein Telefon haben«, sie wirft mir einen bedauernden Blick zu, »können wir ja nicht viel unternehmen, wissen Sie. Und darum wiederhole ich meine Frage: Wie soll das hier weitergehen? Noch mehr Gewalt? Wirklich?«

Mürrisch schaut der Junge sie an.

»Ich bin kein Schwerverbrecher, glauben Sie mir. Kalli hat mir was versprochen und nicht eingehalten, ich wollte ihn nur warnen. Es gibt eben Geschäfte, da muss man, äh, zuverlässig sein. Es war ein Unglück.«

Er kaut auf seinen Lippen.

»Hängt die Frau Groote eigentlich auch mit drin in dem Ganzen?«, platzt es mit einem Mal aus meinem Mund.

Als ob er mich vergessen hätte, fährt er zusammen.

»Frau Groote? Wer ist … Ach, das ist die Neue bei Ihnen. Die Ex von dem Bernd, dem feigen Mistkerl. Nein, aber he, Moment, was meinen Sie denn mit ›dem Ganzen‹?«

Misstrauisch schaut er nun zu mir herüber.

Ach, Waltraud, kannst du die Klappe nicht halten?

»Bei dem, na ja, warum Sie sich mit Kalli gestritten haben.«

Jetzt funkelt er mich an.

»Was wissen Sie denn darüber?«

Sag ich es? Egal, jetzt bin ich so weit ins Fettnäpfchen getreten, kann ich auch reden.

»Ich vermute mal, es geht um Drogen«, sage ich tapfer.

»So. Vermuten Sie. Und wieso?«

Ich zögere. Kann ich wirklich Roman und Anita ins Spiel bringen?

»Weil, nun, weil, Kalli hat so eine Bemerkung gemacht.«

»Sie lügen schlecht, Frau Friese. *Sie* haben den Stoff von Roman. Also doch.« Er lacht bitter. »Was ist das hier? Die Oma-Connection oder was?«

Ich schüttle heftig den Kopf. Mein Mund ist trocken. Warum haben meine Eltern mich zur Ehrlichkeit erzogen – was wirklich wichtig ist im Leben, lernt man nicht.

»Frau Friese, Sie haben mich gesehen. Pech für mich. Aber man hat auch Sie gesehen. Und Kalli mag ein naiver Esel gewesen sein, richtig suchen kann er auch nicht, aber geredet hat der nicht. Garantiert nicht. Dann doch eher dieses geschwätzige Unglück bei Ihnen, Bergmann oder wie heißt die?«

»Oh, Frau Berger?«, entfährt es mir. »Ja, die ist furchtbar.«

Wieder lächeln wir uns einvernehmlich an. Wie ist das möglich, Waltraud? Der Kerl ist ein Mörder.

»In was für einem Haus wohne ich da!«, entfährt es mir. »Alles Dealer?«

»Nein, nein, das ist komplizierter, aber das muss Sie doch nicht wundern, bei den großen Tieren, die da ihre Finger mit drin haben.«

»So? Hat der Rainer da doch was mit zu tun? Rainer Richter? Ach nein, der ist ja tot, wie ich gehört habe.«

»Was? Noch ein Mord?«, ruft Frau Tietjen.

»Nein, nein, der ist einfach so gestorben, war schon älter.«

»Auch das soll vorkommen«, kichert sie.

Noch ein Mord? Anita!, denke ich.

»Was habt ihr mit Anita, äh, Frau Schumacher gemacht?«

Der Junge sieht mich mit offenem Mund an. Er schluckt.

»Frau Schumacher? Omi Schu?« Er spuckt die Worte förmlich aus. Wie was Ekliges, denke ich erschrocken.

»Die verrückte Alte vom Roman! Sie kennen aber auch wirklich alle, oder? Was soll mit der denn sein?«

»Sie ist verschwunden.«

»Ach nein. Passen Sie mal auf, Frau Friese.« Seine Stimme bekommt wieder diese Schärfe. Bin ich zu weit gegangen?

»Ich bin kein Killer. Ich weiß nichts über das Verschwinden der Alten. Vielleicht ist sie abgetaucht. Gründe hätte sie genug. Ich will Ihnen mal was über die liebe Omi Schu erzählen, da schlackern Ihnen die Ohren. Ich bin nämlich nicht das einzige Schwein auf diesem Planeten, das will ich mal klarstellen.«

Er schiebt heftig das Weinglas auf dem Tisch herum. Wir verstummen bei seinem unerwarteten Wutausbruch.

»Die ist nämlich ein raffiniertes Luder. Sie hat den Roman beschissen von vorne bis hinten. Der musste ihr immer wieder Tabletten besorgen. Ja, ja, die Alte ist süchtig nach dem Zeug, da war der Roman ein Waisenknabe gegen. Ich vermute mal, sie hat den Stoff auch auf eigene Rechnung verhökert. Wie gesagt, raffiniert. Aber sie hat ihn nie bezahlt. Hat immer mit ihren ›Kontakten nach ganz oben‹ gedroht. Passen Sie man gut auf, Frau Friese, die Alte geht über Leichen, wenn es ihrer Sucht oder ihrer Geldgier dient. Ich weiß nicht, wen sie ›ganz oben‹ kennt und was sie tut. Ich weiß überhaupt verdammt wenig. Ich bin doch nur der Mann fürs Grobe, für die Drecksarbeit. Und wenn ich Pech habe, der einzige, der in den Bau wandert.«

Er redet von Anita! Mir wird ganz kalt. Er ist ein Mörder, er muss so reden, sich verteidigen. Und doch …

»Wenn Sie sich so benutzt fühlen, warum steigen Sie dann nicht aus?«, fragt Frau Tietjen leise.

»Aussteigen? Ach je, Sie haben ja keine Ahnung. Glauben Sie, man kann das? Bin doch nicht lebensmüde.«

Susanne fällt mir ein und das, was Frau Groote über sie erzählt hat. Dealer haben ein langes Gedächtnis. Plötzlich verstehe ich auch das Hundefutter in ihrem Einkaufswagen. Gottfried! Das heißt, Andreas hatte auch Kontakt zu ihr. Ob ich ihn fragen soll? Nein, besser nicht.

Schweigend hängen wir unseren Gedanken nach, nur Gottfrieds Schnaufen durchbricht die Stille.

Da klingelt es zweimal kurz. Klingt wie ein Signal. Wir schrecken alle zusammen. Gottfried rast zur Tür und bellt. Hört sich fröhlich an.

Andreas wirft Frau Tietjen einen warnenden Blick zu. »Nicht aufmachen!«, befiehlt er.

»Das wäre dumm«, entgegnet die alte Dame ungerührt. »Das ist meine Nachbarin, Frau Winter, wir haben ein System verabredet. Wenn ich bis neun Uhr die Vorhänge nicht weggezogen habe, kommt sie, um nach mir zu sehen.« Sie lacht ein bisschen arrogant. Ja, das macht ihr Spaß. »Ich bin eben nicht mehr die Jüngste, wissen Sie, da braucht man diese Sicherheiten. Natürlich hat sie einen Schlüssel. Für den Notfall.«

Für einen Moment ist es ganz still, dann wieder Klingeln. Und schon hören wir, wie das Schloss aufgesperrt wird. Andreas ist rot geworden, sein Blick irrt wütend und suchend umher. Wo hat er sein Messer?, frage ich mich ängstlich.

»Juchhu, Frau Tietjen«, flötet es vom Eingang her. »Hallo Gottfried, du hier? Wo ist denn das Frau …?«

Da steht sie im Flur und verstummt. Eine rundliche Frau in den Sechzigern, im rosa Jogginganzug und genau mit solchem Gesicht, kommt sicher gerade vom Laufen.

»Oh, Verzeihung«, stammelt sie. »Ich wusste nicht, äh … Sie haben Besuch, ja, also, ich dachte nur, ich sehe mal nach dem Rechten. Wissen Sie, Ihre Vorhänge …«

Ein Hauch von Verärgerung zieht über ihr Gesicht.

»Ich habe nicht daran gedacht, entschuldigen Sie bitte.«

»Na, dann ist es ja gut, ich dachte nur, verstehen Sie, auch wegen diesem Schild da oben.«

Ich spüre, wie ich knallrot werde. Das Schild habe ich total vergessen.

»Welches Schild?«

»Na, da oben am Fenster vom kleinen Zimmer. ›Hilfe, Polizei rufen‹ steht da. Das hört sich doch sehr dramatisch an, dachte ich. Sie verstehen, da musste ich doch mal klingeln.«

Verblüfftes Schweigen.

»Und? Haben Sie es getan?«, fragt Frau Tietjen endlich.

»Was?«

»Na, die Polizei gerufen.«

»Nein, ich wollte doch erst mal sehen, was hier eigentlich los ist, verstehen Sie?«

»Verdammte Weiber!«, heult der Junge, springt auf, stößt mit dem schweren Rucksack die verblüffte Frau aus dem Weg und stürzt aus dem Haus.

»Ja, aber … was …«, die Besucherin rappelt sich mühsam wieder auf.

»Sie sind zwar dümmer, als die Polizei erlaubt – um in diesem Bild zu bleiben«, seufzt Frau Tietjen, »aber in diesem Fall kamen Sie als Rettung. Vielen Dank.«

Frau Winter starrt uns mit hochrotem Kopf an.

»Was soll das heißen, ›dümmer als die Polizei erlaubt‹? Auch wenn Sie so alt sind, dass Sie nicht mehr wissen, was Sie sagen, lasse ich mich nicht beleidigen.«

Wütend knallt sie den Hausschlüssel auf den Tisch und marschiert davon. Wir sehen uns an, und ich unterdrücke mühsam ein Kichern. Frau Tietjen zuckt mit den Achseln.

»Diplomatie war nie meine Stärke. Also ziehe ich erst einmal die Vorhänge auf, und dann rufe *ich* die Polizei.«

Sie nickt mir zu und sagt anerkennend:

»Das Schild, Frau Friese. Ausgezeichnet!«

Dann hebt sie den Kopf und lacht schallend los.

21

Polizei kann ganz schön anstrengend sein. Meine Güte, müssen die immer alles sechsmal fragen? Und gucken einen dabei an, als ob man selbst was ausgefressen hätte.

Warum der Andreas zu Frau Tietjen gekommen ist, will ihnen einfach nicht einleuchten. Ich glaube, die verdächtigen uns, mit ihm gemeinsame Sache zu machen. Dabei ist das doch klar, der wollte sich verstecken, und weil er Gottfried, nein, Wotan, vermisste, ist er gekommen. Ich finde das völlig logisch. Denn Mörder hin oder hier, der Junge liebt den Hund. Das hat auch Wotan-Gottfried begriffen, sonst wäre er doch hiergeblieben und nicht mit Andreas weggerannt. Aber mach das mal diesen sturen Beamten klar.

»Der Mann hat Sie ganz schön eingelullt«, sagt Assistent Seidelmann, sind andere als die von heute Nacht. Na ja, irgendwann müssen die armen Kerle auch mal schlafen. Aber auch wieder zwei, diesmal ist eine Frau dabei.

»Wir haben Frau Schumacher überprüft. Irgendwelche Nähe zu Drogen ist da nicht zu finden, so viel kann ich Ihnen mitteilen, Frau Friese. Sie laufen keinerlei Gefahr, wenn Sie mit der alten Dame den Kontakt halten.« Er lächelt ein wenig von oben herab. Aber er ist auch größer als ich, vielleicht ist es das.

»Ist sie denn wieder aufgetaucht?«, frage ich verblüfft.

»Sie war nie verschwunden, Frau Friese. Sie hat ihre Enkelin in Hamburg besucht. Das ist erlaubt. Sie muss sich nirgendwo abmelden.«

Jetzt wird er unverschämt. Sag ich was dazu? Nein, unnütze Anstrengung.

Auch Frau Tietjen, die ja nicht auf den Mund gefallen ist, verzieht nur müde die Augenbrauen, sagt aber nichts.

»Was ist mit den andern Bewohnern in meinem Haus? Ich möchte auch da keine Gefahr laufen«, frage ich betont gestelzt. Kann ich nämlich auch.

»Dazu kann ich nichts sagen. Laufende Ermittlungen, müssen Sie wissen.« Ach, Junge, blas dich doch nicht so auf.

»Wenn mir da einer was in den Kaffee tut, dann haben Sie nur noch mehr laufende Ermittlungen«, schnaufe ich wütend.

Die Polizistin lacht. »Sie können beruhigt wieder in Ihre Wohnung zurück, Frau Friese. Im Moment sind Sie die sicherste Frau im Stadtteil. Glauben Sie mir, niemand wagt sich jetzt an Sie heran und lenkt damit unseren ganzen Apparat auf sich.«

»Also später«, wirft Frau Tietjen ein.

»Später haben wir die Verdächtigen gefasst.« So redet dieser Schnösel wirklich. Junge, Junge, da waren mir die von heute Nacht aber lieber, da hatte ich das Gefühl, die wussten, was sie tun.

Ich werde müde, war eine anstrengende Nacht und der Vormittag ja auch nicht besser. Wenn die Polizisten glauben, dass Anita nichts mit Drogen zu tun hat, dann sollen sie das von mir aus, ich liefere die Frau nicht aus. War schon hart genug, überhaupt davon zu erzählen. Dass sie andrerseits so ein Biest ist, wie Andreas behauptet, das kann ich auch nicht so recht glauben, auch wenn … ja, ein kleines Stimmchen in mir warnt mich. Die ist nicht ganz sauber, so viel ist klar. Und schlau genug, die Polizei zu täuschen? Sind doch nicht alle so dumm wie der Assistent Seidelmeier oder wie der heißt. Das scheint auch Frau Tietjen zu beschäftigen.

»Die Bemerkung über Frau Schumacher verstehe ich nicht, oder besser gesagt, dazu fallen mir zwei Deutungen ein«, grübelt sie, als wir wieder alleine sind. »Entweder sie ist so raffiniert, dass sie die Polizei an der Nase herumführt. Ist sie das?«

Ich zögere mit der Antwort.

»Schlau ist sie schon, aber diese Drogenpolizei wird doch nicht nur solche Hohlköpfe haben wie diesen Seidelbast. Hoffe ich doch.«

»Ihre Hoffnung kann ich nur teilen.« Sie lacht kurz und fährt ernst fort:

»Dann gibt es noch die andere Möglichkeit, die mir nicht so gut gefällt. Ich habe mich gewundert, dass Frau Schumacher nicht unter die so geheimen ›laufenden Ermittlungen‹ fällt, wissen Sie? Er hat Ihnen ja geradezu angeraten, den Kontakt wieder aufzunehmen. Ich halte es für möglich, dass man Sie benutzen will. Sie dürfen sicher sein, dass Ihre Privatsphäre ziemlich eingeschränkt sein wird, einschließlich einer Überwachung Ihrer Telefongespräche. Mag sein, dass man auf einen Fehler dieser Omi Schu wartet. Omi Schu, sagen Sie, Frau Friese, wie kann sich eine intelligente Frau so nennen lassen?«

Sie schüttelt nun missbilligend den Kopf.

»Na, egal. Überlegen Sie sich gut, ob Sie den Kontakt zu ihr aufrechterhalten wollen. Wir haben erlebt, wie gefährlich diese Menschen sind. Zugleich konstatiere ich, Frau Friese, dass wir uns sehr beachtlich aus der Affäre gezogen haben.«

Sie hebt prostend das leere Weinglas.

22

Ein bisschen komisch ist es schon, nach alldem so schnell wieder in meinen eigenen vier Wänden zu sein. Ich gehe langsam durch alle Zimmer, streiche mit den Fingern über die Rückenlehne eines Stuhls. Ja, ich bin wieder zu Hause. Aufseufzend lasse ich mich in meinen Sessel fallen. Auspacken kann ich später. Ich schlage die Zeitung auf. Die lag auf der Fußmatte, war sicher die Groote. Oder Bergers, die versucht haben, noch mal einzubrechen, denke ich misstrauisch und sehe mich prüfend um.

Nein, Waltraud, die würden mir bestimmt nicht den *Kurier* hinlegen.

Ob was zu Kalli drinsteht? Kann doch nicht, ist ja erst heute Nacht passiert. Ich schaue auf die Uhr, schüttle irritiert den Kopf. Ich war man gerade mal, warte, zehn Stunden weg, mehr nicht. Es kommt mir vor, als hätte ich eine lange Reise hinter mir. Es ist vollkommen still im Haus. Werden wohl zur Arbeit sein. Oder ob die Polizei die Bergers festgehalten hat? Ich wüsste nur zu gerne, was die für eine Rolle spielen. Ist ja kein schönes Gefühl, mit solchen Leuten unter einem Dach zu sein. Nein, vor allem wo die jetzt wissen, dass ich sie verraten habe.

Was heißt denn verraten, Waltraud, ich hab doch nur erwähnt, dass der Andreas die auch kennt. Interessiert hat die Polizei das aber erst, als ich erwähnte, dass Herr Berger bei der Post arbeitet.

»Wo genau?«, hat dieser Seidelhuber immer wieder nachgefragt. Weiß ich doch nicht, der redet doch nicht mit mir. Quatschen tut nur seine Frau, und die redet nur über sich, hab ich erklärt, aber das hat der Seidelheini mir nicht geglaubt.

»Wie lange leben Sie in dem Haus zusammen? Mehr als zehn Jahre? Und Sie wollen mir weismachen, Sie kennen die nicht? Das ist doch kein Hochhaus da bei Ihnen.«

Vielleicht weiß der *Kurier* ja mehr, als die Polizei mir erzählt hat. Aber es ist noch zu früh, steht noch nichts drin. Dann lese ich erst mal den Roman weiter, obwohl, es interessiert mich im Moment wirklich nicht die Bohne, ob diese verklemmte Julia sich verlieben kann. Ich lasse die Zeitung sinken, meine Augenlider werden schwer.

Plötzlich klingelt das Telefon. Ich zucke richtig zusammen. Wolltest dir ein Handy kaufen, erinnere ich mich, als ich den Hörer abnehme.

»Juchhu, Waltraud, bist du's? Hier ist Anita. Die Omi Schu!«, ruft sie temperamentvoll. Die Leitung knistert geradezu von ihrer Energie. Oder sind das etwa die, die mithören? Iih, ein komisches Gefühl, dass da jetzt irgendwo ein Mensch sitzt und uns belauscht. Wahrscheinlich schützt es mich ja, aber es macht mich auch ganz unsicher. Muss ich Anita nicht warnen?

»Hallo, Waltraud, hörst du mich?«

»Ja, ja, hallo, Anita, schön, dass du dich endlich meldest.«

Soll ich nicht besser auflegen? Frau Tietjen hat mich gewarnt, und die ist nicht dumm. Aber meine Neugier siegt. Will zu gerne wissen, wie sie sich verhält. Einen Unschuldsbeweis möchte ich, verbessere ich mich, während Anita munter weitersprudelt: »Was ist denn los gewesen? Du hörtest dich ja richtig ängstlich an. Ich war in Hamburg bei meiner Enkeltochter. Ich glaube, ich habe dir von ihr erzählt. Nun sag doch mal, was war denn so dringend?«

Kann ich offen reden? Nein, noch ist sie nicht verurteilt, noch ist sie eine Art Freundin. Ich reiße sie nicht rein.

»Es ist, also, heute Nacht ist der Kalli ermordet worden. Von dem Blonden, also, Andreas Körber heißt der. Der mit dem gelben Hund. Wotan. Erinnerst du dich an den?«

Einen Moment ist es still in der Leitung. Ich höre nur ihren heftigen Atem. Fragt sie jetzt, warum ich dann vor drei Tagen so eilig mit ihr reden wollte? Dumm, aber so schnell ist mir einfach nichts Besseres eingefallen.

»Wotan? Ein Hund?« Sie lacht etwas schrill. »Du nennst im gleichen Atemzug einen Hund mit einem Mord?«

Ich spüre, wie ich bei ihrem Vorwurf rot werde. Es stimmt, Wotan-Gottfried ist mir wichtiger als Kalli. Na und?

»Wer ist denn dieser Kalli?«, schiebt sie nach.

»Er wohnt hier unten im Haus, habe ich nicht von ihm erzählt? Na, egal. Die Polizei denkt, dass er in die Drogensache verwickelt ist.«

»Drogensache? Welche Drogensache?«

Hoppla, ich atme scharf ein. Vermutet sie, dass wir belauscht werden? Gut, muss ich mich nicht weiter sorgen.

»Ach, es gab hier einen Dealer nebenan, und die sind in Streit geraten. Ist eine gefährliche Sorte Mensch, scheint mir«, wiegele ich ab. Schnell rede ich weiter:

»Ich habe dir übrigens die Sachen geschickt, die du bei deinem letzten Besuch vergessen hast. Müsstest das Päckchen eigentlich schon bekommen haben.«

Wieder schweigt sie. Ich würde gerne ihr Gesicht sehen.

»Ach, von dir ist das. Ich habe hier diese Benachrichtigungskarte. Es hat mich schon gewundert, wer mir ein Päckchen schickt. Nett von dir, dass du dir die Mühe gemacht hast. Aber es hatte doch keine solche Eile. Du hättest es auch gerne morgen Nachmittag mitbringen können.«

Morgen Nachmittag?

»Du hast es doch nicht etwa vergessen, dass wir uns verabredet haben?«

Haben wir??

»Morgen um drei zum Kaffee bei mir, als Gegenbesuch sozusagen, hatten wir abgemacht. Ich rechne mit dir.«

Ich staune. Die Omi Schu ist wirklich schlau. Aber ich lerne auch dazu. Ich fange mich schnell.

»Nein, Anita, habe ich nicht vergessen. Ich dachte nur, weil hier doch ein Einbrecher war, das hatte ich doch erzählt, dass es reicht, wenn die *meine* Sachen klauen, müssen ja nicht auch noch *deine* sein. Darum das Päckchen.«

»Hast du denn inzwischen ein neues Schloss?«

»Oh ja, war teuer genug. So, dann lass uns morgen weiterreden, Anita. Ist doch gemütlicher bei einer Tasse Kaffee als so am Telefon. Ich bringe auch Kuchen mit.«

»Ach, lass nur, Waltraud, ich habe genug hier von meiner Enkelin, die hat mich gut versorgt.«

Sie lacht perlend.

Wie viele Tabletten hat die intus?, frage ich mich enttäuscht, als ich auflege.

Plötzlich schreie ich los: »Die benutzt mich auch nur, verdammt! Verdammt!«

So nicht!

Was will die von mir? Mir wird mulmig bei dem Gedanken, was mich dort erwartet. Habe ich da vorhin das Wort »Freundin« gedacht? Das, fürchte ich, kann ich streichen.

Klug ist es bestimmt nicht, da hinzugehen.

Dann bleib doch hier.

Ja, sollte ich. Und doch … Solange sie mich zu etwas gebrauchen kann, wird sie mir nichts antun, und solange sie mich für ein naives, dummes Schaf hält, geht vielleicht alles gut.

Es ist ähnlich wie heute früh mit Andreas. Als er vor mir stand, hatte ich weniger Angst als in den Wochen davor.

Ob ich der Polizei Bescheid sagen soll? Aber die haben ja mitgehört.

Das weißt du nicht.

Ich laufe keine Gefahr, haben sie mir gesagt. Wenn ich da anrufe, bin ich doch nur die spinnerte Alte. Nein, das muss ich anders machen. Ich gehe jetzt los und kaufe mir ein Handy.

23

Ich sitze im Treppenhaus auf dem Stuhl von Frau Groote und spüre die Müdigkeit in all meinen Knochen. Mir fehlt doch die Nachtruhe. Außerdem hat mich mein Ausflug nach China erschöpft. Nein, nicht richtig China natürlich, aber ich kam mir so vor. Ich war in diesem Laden, wo man Handys kriegt. Ich hatte mir aufgeschrieben, wie das Gerät von Frau Tietjen heißt. Das gab es aber nicht mehr. Aber Unmengen anderer. Da soll sich eine mit auskennen! War wie Chinesisch für mich. Beinahe wäre ich nach einer Viertelstunde heulend aus dem Laden gelaufen. Zum Glück gab es da doch dieses eine mit besonders großen Tasten, das habe ich dann genommen, ich will doch nur im Notfall jemanden anrufen können. Als ich aus der Bahn stieg, merkte ich aber doch, wie müde ich war, wie sehr mich dieses Kaufhaus erschöpft hat. Es ist sehr anstrengend, wenn man Chinesisch lernen soll.

Wie dankbar bin ich Frau Groote für diesen Stuhl, ich glaube, sonst hätte ich mich glatt auf die Treppe gesetzt. Meine Kraft reicht einfach nicht bis oben. Dabei hab ich mich schon tüchtig auf meinen Schirm gestützt. Nützt nichts, ich fühle mich wie durch die Mangel gedreht. Wäre ich doch nur schon oben! Aber dazu müsste ich aufstehen.

Eilt doch nicht, Waltraud. Ich schnaufe wie ein Walross, Helga fällt mir ein, die hat auch so geschnauft, als sie hier war. Helga, das war ein sehr komischer Besuch. Sie hat so viel Unsinn geredet. Was wollte die wohl wirklich? Ob das überhaupt stimmt mit dem Testament? Wird man da nicht benachrichtigt vom Notar oder wer das macht? Habe bisher keinen Brief bekommen. War vielleicht nur eine Lüge, irgendein Vorwand. Aber warum?

Da knarrt etwas. Ich zucke zusammen, ach, das alte Haus.

Oh, Stimmen!

Jemand ist im Erdgeschoss.

Da unten können keine Stimmen sein, da ist die versiegelte Wohnung von Kalli, sonst nichts.

Und wenn. Ich bin müde, ich will nicht darüber nachdenken müssen.

Es bleibt mir gar nichts anderes übrig. Die Stimmen und Schritte werden lauter, sie kommen eindeutig aus Kallis Wohnung. Nun wird mir doch etwas mulmig. Da habe ich dieses schöne Handy, aber es funktioniert noch nicht. So ein Ärger! Unsicher balle ich die Faust um den Schirmgriff.

Es wird die Polizei sein, die noch was sucht. Wird schon niemand hochkommen, beruhige ich mich, aber automatisch halte ich den Atem an, als ich höre, wie die Wohnungstür geöffnet wird.

»Ihr hättet diesen Kalli außen vor lassen sollen. Was für ein Risiko, diesen unsicheren Menschen hereinzuziehen.«

Oh, hört sich nicht nach Polizei an. Die Stimme kommt mir vage bekannt vor. Wer ist das?

»Wie denn, verdammt, wenn der Andy ihm den Roman gleich vor die Füße schmeißt! War doch noch unser Glück, dass der Spinner das irgendwie spannend fand und nicht sofort die Polizei benachrichtigt hat wie die alte Schachtel da oben.«

Der Berger! Oh nein! Der wird gleich hier hochkommen, und da sitze ich in der Falle. Wenn ich jetzt aufstehe, verrate ich mich. Was tun?

»Du meckerst nur rum, was hätten wir denn tun sollen? Ich hab es dir schon ein paar Mal erklärt. Andy hat mich aus dem Schlaf geklingelt, da fällt dir nicht die perfekte Lösung ein, auch dir nicht. Dafür waren wir ganz schön gut. Verdammt. Sieh das doch mal ein. Wenn wir Kalli nicht gezwungen hätten, bei der Beseitigung der Leiche zu helfen und den Hof zu putzen, wer weiß, wie der reagiert hätte. So hatten wir ihn doch in der Hand.«

»Hätte, hätte. Das Ganze hätte gar nicht erst passieren dürfen«, flucht diese bekannte Stimme. Wer ist das bloß?

»Tolle Bemerkung, Bernd. Sag mal, hast du die Hosen voll? Bist doch sonst immer so cool.«

»Ich? Die Hosen voll?«, brüllt dieser Bernd, ach der! »Ich habe am meisten zu verlieren.«

Einen Moment ist es still unten.

»Scheiße, das Siegel kriegen wir nicht wieder hin, und das Ganze für nichts. Du hast mir versichert, dass Kalli der alten Vettel alles abgenommen hat.«

»Er hat ihr die Tasche weggenommen, ich habe sie gesehen. Er hat behauptet, es war nichts drin. Entweder hat er es selbst verhökert, oder die Polizei hat es gefunden. Dieser verrückte Andy, muss der gleich zustechen! Jetzt sitzen wir in der Scheiße mit der Polizei im Haus.«

»Andreas ist zu impulsiv, das habe ich immer gesagt, der wird zum Risiko. Erst Roman und jetzt dieser Kalli. Wenn er gefasst wird, sind wir dran. Andreas ist einem scharfen Verhör nicht gewachsen. Ich muss mal sehen, wen wir darauf ansetzen können.«

»He, Bernd, mich nicht! Ich bin nur der Postillion des Betriebs, für solche Mätzchen bin ich nicht zu haben.«

»Keine Sorge, du bist mir auch zu unsicher. Ihr habt den Roman zwar ganz gut entsorgt, aber zu welchem Preis? Seitdem ist die Polizei im Spiel.«

»Bernd, ich sag es noch mal: Das war ein Zufall, wie konnten wir wissen, dass diese Alte da oben alles mitkriegt? Morgens in aller Frühe?«

»Was ist mit deiner Frau? Hat die geredet? Wie konntest du die nur einbeziehen! Ich wette, diese Quasselstrippe ist undicht wie ein sinkendes Schiff.«

Herr Berger lacht hämisch.

»Nein, Bernd, keine Sorge, die Brigitte ist raffinierter, als ihr denkt. Die tut nur so. In Wirklichkeit kriegt die mehr raus als alle andern zusammen. Wenn die die Friese nicht drüben gesehen hätte, wüssten wir überhaupt nicht, wo der Stoff ist.«

»Wissen wir auch jetzt nicht, Heinz. Dabei, sag mal, kennst du die Omi Schu?«

»Omi wer? Was soll das jetzt?«

»Die Oma von Roman.«

»Ach ja, warte, vom Hörensagen. Warum?«

»Vielleicht weiß die ja etwas. War die nie hier?«

»Die? Noch ne Oma. Wie kommst du denn darauf?«

»Ach, nur so.«

»Ich werde Brigitte fragen – wenn es jemand weiß, dann sie. Der entgeht nichts hier im Haus, glaub mir. Die hat auch das Versteck in der Wohnung deiner Ex ausgesucht. Das regeln wir auch noch demnächst. Aber erst mal ein bisschen abkühlen lassen, schlage ich vor.«

»Erst müssen wir den Andreas ausschalten, das ist oberste Priorität. Und du findest heraus, was Kalli mit der Ware gemacht hat. Bald, mein Lieber.«

»Und lass doch das Gefummel an dem Siegel, Bernd, das sieht ein blinder Polizeihund, dass wir da drin waren. Dumm von uns, saudumm. Warum habe ich nur auf dich gehört?«

Die Schritte entfernen sich langsam Richtung Eingangstür. Schaffe ich es, unbemerkt in den dritten Stock zu kommen, ehe der Berger raufkommt?

Ich kann hier sitzen und warten, ich kann hochrennen und mich verstecken. Die sicherste Frau im Viertel, hat die Polizistin gesagt. Ach ja? Und wo ist die Sicherheit? Mir läuft es kalt den Rücken runter. Ich bin ein viel größeres Risiko als Andreas, so, wie ich hier auf dem Stuhl sitze. Jetzt oder nie. Los, Waltraud, renn! Vor allem rennen. Mir tun so die Beine weh.

Es reicht, wenn ich an Bergers Wohnung vorbei bin, beeil dich, es sind vierzehn Stufen, nur sieben, bis die Treppe die Kurve macht, dann bin ich aus dem Blickfeld. Noch sind die Geräusche der Männer an der Tür zu hören, vielleicht überdeckt das meine Schritte.

Ich kann nicht mehr, ich will nicht mehr rennen!

Los, vier Stufen, drei, zwei, eine, die Ecke schnell, noch eine, noch ...

Moment mal. Ich bleibe steif stehen. Ich spüre es in meinem Rücken. Etwas stimmt nicht. Bergers Wohnungstür, steht die auf? Ich drehe mich vorsichtig um und luge über das Geländer. Ja, nur einen Spalt, aber offen. Lauert da seine Frau? Ich starre drauf wie das Kaninchen auf die Schlange. Ist sie da? Bin ich umsonst geschlichen und gehetzt? Hilfe! Dann aber schnell in die Wohnung ...

Halt! Er kommt! Hat er mich gehört?

Der Berger stapft mit kräftigen Schritten die Treppe rauf, murmelt dabei vor sich hin. Guck nicht hoch, bete ich. Ich halte den Atem an.

Wütendes Geschrei lenkt mich ab. Vor dem Haus ist das, eine Frau und ein Mann. Auch Herr Berger ist stehen geblieben. Ich höre ihn leise fluchen.

Geh doch rein, da streiten sich zwei, was geht es uns an, geh rein, Heinz!

Die Treppe knarrt.

»Was brüllt der Bernd denn da draußen«, schimpft er. Es hört sich ganz so an, als würde er sich wieder nach unten wenden. Ich schließe automatisch für einen Moment die Augen, atme so leise wie möglich aus. Aber man soll den Tag ...

»Heinz?«

Frau Berger! Oh nein!

»Frau Friese ist gerade hochgegangen.«

Das war's, Waltraud.

»Was? Gerade? Hat sie etwa gehört ...«

Ehe ich auch nur einen Schritt machen kann, taucht er vor mir auf, nur ein paar Stufen trennen uns. Wütend funkelt er mich an.

»Ich denke, Frau Friese, Sie kommen mit, und wir, nun, wir trinken eine Tasse Kaffee miteinander, nicht wahr, und Sie erzählen uns mal, was Sie so alles wissen.«

Er wartet meine Antwort gar nicht ab. Schon steht er neben mir, fasst mich brutal am Arm und zerrt mich die Stufen hinunter. Fast stolpere ich, muss mich mit der einen Hand mühsam am Geländer festhalten.

»He, he, langsam«, keuche ich ängstlich und wütend zugleich. »Ich kann doch nicht schneller.«

Ich will mich mit meinem Schirm abstützen, während dieser Mensch an meinem Arm zieht. Da rutscht die Schirmspitze zur Seite. Ich wanke. Was zerrt er auch so.

»Haa! Nicht doch«, schreie ich erschrocken. Er wird mich doch nicht die Treppe runterstoßen? Nein, er lockert seinen Griff sogar. Wo soll ich auch hin? Aber vielleicht ... Ich schnelle den Schirm ein zweites Mal zur Seite, diesmal heftig und gegen seine Beine. Zugleich gebe ich ihm mit der Schulter einen Stoß. Zu schwach das alles, ach je, bin doch eine alte Frau, kann doch nicht kämpfen. Noch mal den Schirm zwischen seine Beine, ja, er stolpert, rudert mit den Armen und stürzt schreiend die Stufen hinunter. Sind ja nur vier, fünf Stück, reicht doch nicht.

Seine Frau steht in der offenen Wohnungstür. Ihr Gesicht wandelt sich von schadenfroh zu entsetzt, als ihr Mann ihr vor die Füße knallt. Jetzt renn weg, Waltraud, jetzt schnell in die Wohnung.

Es reicht doch nicht. Bis ich den Schlüssel im Schloss habe, sind mir doch alle Nachbarn des Viertels auf den Fersen.

Hilfe! Wer hilft mir denn!

Ich schreie. Ich weiß nicht, was ich schreie, ich kann gar nicht mehr aufhören. Die Berger springt die Treppe hoch. Ich schlage mit dem Schirm und schreie. Schlage und schreie. Immer wieder, immer wieder. Plötzlich ist Frau Groote da und dieser Bernd, und alle versuchen, mich zu fassen. Aber ich lasse niemanden an mich ran. Bis mir dieser Bernd mit einem kräftigen Ruck den Schirm aus der Hand reißt. Sie packen mich und schieben mich in Bergers Wohnung, zwingen mich auf einen Stuhl.

Ich verstumme. Wozu noch, Waltraud? Ich wäre wirklich gerne neunzig geworden wie Mutti. Wird wohl nichts draus werden.

24

Erschöpft sehe ich in die Runde. Herr Berger stützt sich am Türrahmen ab. Wenn Blicke töten könnten, wäre ich nicht mehr. Er reibt sich ächzend den Hinterkopf und funkelt mich wütend an, sagt aber nichts. Vielleicht will er die Tür bewachen, damit wir nicht fliehen. Liebe Güte, wie denn? Seine Frau sitzt schmierig lächelnd mir gegenüber. Wie gerne würde ich ihr dieses Lächeln aus dem dummen Gesicht schlagen. Ich hasse diese Frau. Schlagen, das hat eben auch nichts genützt, ich weiß, aber sie grinst so selbstsicher. Warum auch nicht, Waltraud, sie haben doch gewonnen.

Neben ihr sitzt Frau Groote, dieser Bernd hat sie auf den Stuhl gedrückt und steht hinter ihr, die Hände auf der Rückenlehne. Als ob er sie jederzeit packen will, denke ich. Sie muss das genauso fühlen, sie wendet sich halb zu ihm um und faucht: »Geh weg dahinten.« Aber das reizt diesen Kerl nur noch mehr, scheint es, er greift ihr in den Nacken. Da stößt sich die Groote heftig mit dem Fuß ab und wirft sich einfach mitsamt dem Stuhl nach hinten. Junge, hat die Mut. Bernd springt zurück, knallt in den riesigen Gummibaum, torkelt wieder einen Schritt vor. Schon trifft die Rückenlehne oder Frau Grootes Hinterkopf seine edlen Teile. Er jault auf, geht in die Knie. Im Nu ist Frau Groote wieder auf den Füßen, ehe irgendjemand auch nur hat reagieren können. Bernd kniet stöhnend neben dem Stuhl, der Gummibaum wankt und senkt sich langsam über ihn. Frau Groote bemüht sich nicht, ihn festzuhalten. Frau Berger öffnet den Mund, aber es kommt nichts heraus. Ihr Mann hat sich jetzt breitbeinig in die Tür gestellt. Da ist kein Durchkommen. Frau Groote wirft wilde Blicke um sich, wie ein Tier im Käfig. Wenn ich ihr doch nur helfen könnte. Nur wie?

Aber der Moment ist vorbei. Schon steht Bernd wieder auf den Füßen, selbst Frau Berger ist halb aufgestanden. Sie sind zu viele, es hilft ja nichts. Ich tauge doch nicht zum Kämpfen. Resigniert ziehe ich die Schultern hoch und seufze. Frau Groote kaut auf der Unterlippe. Ein ganz kurzes Lächeln zu mir, dann lehnt sie sich ans Fenster, die Arme über der Brust verschränkt. Die ist noch nicht besiegt.

»Freiheitsberaubung nennt man das, nicht wahr, Herr Anwalt?«

Eiskalt dreht sie sich zu Bernd um, der jetzt mit hochrotem Kopf vor ihr steht.

»Und nun? Willst du mich schlagen? Das ist dann Körperverletzung. Klugerweise müsstet ihr uns natürlich töten, das wäre dann Doppelmord.« Selbst mir wird kalt bei ihren Worten.

»Ich glaube nicht, Bernd, dass du dann noch Zeit für deine jungen Gespielinnen hast. Nach meiner Kenntnis wird Sex in Haftanstalten nicht gerne gesehen. Zum Thema Gespielinnen: Hast du Susanne Neumann eigentlich umgebracht? Brauchtest du wieder was Neues?«

Er hebt die Faust. »Du … du …«

»Lasst das doch«, unterbricht da Frau Berger mit harter Stimme. »Eure Bettgeschichten sind nun wirklich nicht Thema hier.«

»*Seine* Bettgeschichten«, beharrt Frau Groote.

Lass man gut sein, denke ich. Provozier ihn nicht noch mehr. Frau Berger denkt ähnlich, scheint mir.

»Niemandes Bettgeschichten, Frau Groote.« Niemandes? Hui!

Scharf wendet sie sich an Bernd.

»Setz dich hin, Bernd, und bleib ruhig.«

Er dreht sich halb zu ihr um, will antworten, dann wirft er einen schnellen Blick zu Herrn Berger. Ich sehe ihn die Fäuste ballen und schließen. Angespannt still ist es. Endlich bückt sich Bernd, hebt den Gummibaum wieder auf, stellt den Stuhl hin und setzt sich. Puh, er stinkt nach Schweiß. Angewidert lehne ich mich so weit wie möglich zurück. Viel Platz ist ja nicht in dem kleinen Zimmer. Ich betrachte interessiert meine Nachbarin. Wo ist die Klatschbase hin?, frage ich mich. Nichts mehr von dieser geschwätzig dummen Art ist an ihr. Selbst ihr Gesicht ist klar und hart geworden. Wenn ich es nicht besser wüsste, würde ich denken, es ist ihre Schwester. Ihr Mann seufzt erleichtert, entspannt sich etwas, bleibt aber als Wachposten stehen.

»Von Töten kann keine Rede sein, Frau Groote, Sie sind zu dramatisch.« Frau Berger lacht etwas affektiert. »Und Freiheitsberaubung, ach nein, wir haben ein paar Kleinigkeiten zu regeln, warum sollten wir das nicht hier im netten Kreis tun?«

Nett ist was anderes, denke ich.

»Was wollt ihr mit den beiden?«, fragt Bernd aggressiv. »Ihr glaubt doch nicht, dass *die* den Stoff haben.«

»Wissen, was sie wissen«, antwortet Frau Berger kalt. Ich sehe schnell von einem zur andern. Gibt es jetzt einen Streit zwischen den beiden? Ehe er wieder aufbrausen kann, fährt sie schnell fort.

»Unterschätze keine alten Damen, Bernd, ich glaube, Frau Friese weiß eine ganze Menge. Kein Wunder, wenn ihr in aller Öffentlichkeit über das ein oder andere haarige Thema sprecht.«

»Wie bitte? *Du* bist doch die Quasselstrippe hier. Von dir hat sie das doch, dass Kalli ihre Wohnung durchsucht hat.«

Also doch, hab ich doch geahnt. Fast hätte ich mich verplappert, kann gerade noch ein bisschen hüsteln, um das zu verbergen. Zum Glück beachten sie mich nicht, sie funkeln sich an. Die Berger bleibt scheinbar ganz ruhig, nur ihre Hände fummeln hektisch an der großen Obstschale herum, die zwischen uns auf dem Tisch steht.

»Fakt ist, wir haben nichts gefunden«, presst sie wütend hervor. »Der Stoff ist nicht mehr da, und wir sind hier, um zu klären, wo er ist.«

»*Ich* bin wegen der hunderttausend Euro hier«, unterbricht Bernd rüde. »Das war der Wert der Ware. Ich habe das Geld schon vorgestreckt. Wenn euch das verloren gegangen ist, dann seid ihr regresspflichtig.«

»Haha, will der Herr Anwalt uns etwa vor Gericht bringen?«

»Nein, Heinz, ich will die hunderttausend Euro.«

»Von uns? Du spinnst ja«, fährt Heinz Berger auf.

Seine Frau wedelt beschwichtigend mit den Händen.

»Ruhig, Leute, das regeln wir schon, keine Panik. Während wir das tun, könntest du, Heinz, vielleicht mal einen Kaffee kochen und den Auftrag unten erledigen.«

»Moment, Moment, wer, glaubst du, bist du, dass du hier Befehle erteilst?«, schnaubt Bernd.

»Die Einzige, die klar denken kann, scheint mir.«

Heinz Berger hat keine Zweifel an der Befehlsgewalt seiner Frau. Er geht auf Frau Groote zu und sagt barsch:

»Ihren Wohnungsschlüssel.«

»Wozu?«

»Geht Sie nichts an.«

»Was soll das denn heißen?«

Ihre Stimme wird schrill. Schnell schaut sie zu ihrer Umhängetasche hin, die noch an einem Tischbein lehnt. Doch ehe sie danach greifen kann, ist Herr Berger ihrem Blick gefolgt, schnappt sich die Tasche und springt in den Flur.

»Ich schließe ab«, ruft er noch, und schon ist er fort. Wir hören den Schlüssel im Schloss klirren, seine Schritte verklingen gedämpft.

Frau Groote steht noch immer in der halben Bewegung, die Arme nach ihrer Tasche ausgestreckt.

»Was soll das? Frau Berger, würden Sie mir bitte erklären …«

»Ach, Karin, halt die Klappe.« Ihr Exmann frohlockt. »Frau Berger, würden Sie mir bitte erklären …« ahmt er sie mit piepsiger Stimme nach. »Immer höflich und korrekt. ›Würden Sie bitte‹. Immer die höhere Tochter, die Edel-Hanseatin. Du glaubst, du kannst alles beherrschen, nicht wahr? Aber manche Leute sind eben schlauer als du. Auch wenn du das nicht für möglich hältst.«

Er lacht sehr, sehr hässlich. Der will seine Rache, denke ich. Und die wird er bekommen.

Frau Groote lässt die Arme fallen, lehnt sich wieder gegen das Fenster und sieht mich mit besorgtem Blick an. Ich glaube, so langsam verliert sie die Fassung. Ich kann nur den Kopf schütteln. Ich bin ihr keine Hilfe. Es ist genau diese Hilflosigkeit, die mich innerlich rasend macht. Ich möchte wieder schreien und um mich schlagen, aber es fehlt mir die Kraft dazu.

Dabei weiß ich ja, was uns erwartet. Ich bin schließlich nicht blöde. Was wollen die in der Wohnung von Frau Groote? Drogen verstecken, das ist es doch, was der Berger vorhin angedeutet hat. Wenn die das so offen tun, dann müssen sie sicher sein, dass Frau Groote ihre Wohnung nicht mehr betritt. Und natürlich, dass sie nicht redet. Sie müssen sie stumm machen.

Und mich dazu.

Ein hysterisches Lachen steigt in mir auf, als ich mich an meine Worte der Polizei gegenüber erinnere: Wenn mir da einer was in den Kaffee tut … Sieht ganz so aus, als hätte ich hellseherische Fähigkeiten. Ich greife mir an die Kehle, um das Lachen zurückzuhalten.

Ich habe einfach zu viel gehört. Warum müssen die ihre ganzen Geheimnisse auch öffentlich diskutieren. Hatte die Berger doch recht eben. Reißen sie doch nur Unbeteiligte mit rein. War doch nicht meine Schuld, dass ich das alles mitgehört habe.

Mal langsam, Waltraud. Das können sie doch nicht machen, hat doch die Polizei auch gesagt, fällt doch auf, wenn du plötzlich verstirbst. Und die andere Nachbarin dazu.

Na prima! Nur macht mich das dann auch nicht wieder lebendig.

Wenn sie die Groote als Dealerin hinstellen, der hab ich ja vertraut und die Polizei sicher auch, dann sind die alle fein raus, und verteidigen kann Frau Groote sich ja nicht mehr. Der Exmann gilt sicher als glaubwürdig. Hat sie nicht gesagt, der ist Anwalt? Na bitte, der weiß, wie er auftreten muss. Obwohl er hier ja erstaunlich wenig Selbstbeherrschung gezeigt hat.

Aber sie brauchen zuerst den Stoff, sie werden uns doch nicht umbringen, ehe sie wissen, wo der ist.

Das heißt, Waltraud, solange du schweigst, leben wir.

Verzweiflung greift nach mir. Das halte ich nicht lange durch. Und dann ist Frau Groote mit dran. Geht ja nicht nur um mein altes Leben. Ach je, was mache ich nur? Hilft denn keiner?

Diese Gedanken rasen nur so durch meinen Kopf, während Frau Groote ratlos von Bernd zu Frau Berger schaut und um Worte ringt. Bernd grinst selbstgefällig. Ist *dem* eigentlich klar, dass er gerade in einen Doppelmord verwickelt wird? Kann er da so grinsen?

»Frau Friese, Sie waren bei Roman in der Wohnung, das brauchen Sie nicht abzustreiten. Ich habe Sie gesehen. Dabei hatte ich Sie gebeten, sich rauszuhalten. Zu dumm, dass Sie sich nicht daran gehalten haben.«

Frau Berger lächelt mich an. Spar dir das, du Scheusal, denke ich. Was gäbe ich jetzt für eine Frau Berger, die endlos über allerlei Unsinn salbadert. Die hat mir nicht solche Angst gemacht wie diese kalt berechnende Frau.

»Moment mal«, mischt Bernd sich wieder ein. »Wie ist sie denn da reingekommen?«

In dem Augenblick rasselt das Schloss, und Herr Berger erscheint breit grinsend. Er reicht Frau Groote erst die Umhängetasche, dann betont aufmerksam ihren Hausschlüssel.

»Bitte sehr, Gnädigste«, flötet er spöttisch. Er zwinkert seiner Frau zu.

»Dann wollen wir mal Kaffee kochen«, trällert er.

Ein erneutes Zwinkern, lieber Junge, auffälliger geht's ja wohl nicht. Oder bin ich es nur, die das alles beobachtet? Frau Groote ist damit beschäftigt, ihre Tasche zu inspizieren. Die hat sicherlich keinen dieser Hinweise aufgeschnappt.

Es geht um unser Leben, nicht um deine Handtasche! Ob ihr das denn nicht klar ist?

Still warten wir alle, bis Herr Berger aus der Küche kommt. Er balanciert ein Tablett mit fünf Bechern, wie praktisch. Ein blauer Becher für mich, ein blauer Becher für Frau Groote, ein grüner für … Ich bin nicht senil, will ich schreien. Ich weiß, was ihr tut!

Aber das Entsetzen lässt mich verstummen.

Was da wohl drin ist, frage ich mich grausend, als der Mann den blauen Becher vor mich hinstellt. Vielleicht so eine Wahrheitsdroge, kommen immer in Krimis vor, gibt es die in echt?

Und wenn ich geredet habe, gibt es den zweiten Becher.

Meine Nackenhaare stellen sich auf, ich spüre den kalten Schweiß auf der Haut.

Schnell sehe ich zu Frau Groote hin, die ihre Hände an der heißen Tasse reibt. Sie hebt den Becher zum Mund.

»Nichts trinken, Frau Groote! Die haben Drogen in Ihrer Wohnung versteckt!«, schreie ich.

Zum ersten Mal sehen mich alle an.

»Ist doch wahr, habt ihr doch gesagt«, meine Stimme zittert vor Angst und Wut.

»Ihr wollt uns umbringen, klar, müsst ihr sogar. Und Kaffee könnt ihr euch schenken, ich trinke nichts. Ihr, ihr …« Ich breche ab, meine Stimme versagt mir. Ich spüre Tränen in den Augen.

Schluss! Ich heule nicht vor diesem Pack!

»Ach nein, was weiß sie eigentlich nicht?«, erkundigt sich Heinz Berger mit Staunen in der Stimme.

Bernd läuft rot an, liebe Güte, ist der wütend.

»Weil ihr den Mund nicht halten könnt!«, schreit er.

Nein, du, denke ich, aber ich kann nichts mehr sagen, mein Mund ist trocken vor Angst.

Frau Groote knallt den Becher aufs Fensterbrett, dass er zerbricht. Es kümmert sie nicht, dass der Kaffee auf ihre Jacke und auf den Boden spritzt.

»Macht ihr dann einen Suizid daraus, genau wie bei Susanne?«, fragt sie wutschnaubend.

»Frau Friese dreht durch. Der Kaffee ist harmlos, und niemand hat Susanne umgebracht«, wirft Frau Berger ein. Sie trinkt sogar demonstrativ einen Schluck aus ihrem grünen Becher, wobei sie mich über den Tassenrand ansieht, deutlich bemüht, meinen Verdacht auszuräumen.

Bernd wendet sich scharf zu seiner Exfrau um und zischt: »Zu deiner Information: Ich habe den Polizeibericht gesehen. Das war ein klarer Selbstmord. Sie war zugedröhnt bis oben hin. Ich habe ihr nichts getan. Und Andreas auch nicht. Wir sind keine Killer. Wir sind, äh, Händler.«

Das sag mal den Bergers, denke ich.

»Andreas hat Susanne lediglich aufgefordert, sich nicht zu Romans Unfall zu äußern. Mehr nicht. Kein Grund, deswegen gegen eine Wand zu fahren. Wenn sie Angst bekommt, ist das schließlich nicht meine Schuld. Die Frau war einfach zu nervös.«

Jetzt lacht er böse.

»Es scheint dich aber auch nicht weiter zu schmerzen«, bemerkt Frau Groote sarkastisch.

Wäre besser, sie würde ihn nicht immer so anpiken, denke ich ängstlich, der geht doch hoch wie eine Rakete. Aber er bleibt diesmal ruhig. Überhaupt tun alle so, als hätte ich gar nichts gesagt.

Liebe Güte, ich habe ihnen vorgeworfen, sie wollten uns vergiften, und jetzt reden sie wieder über Bettgeschichten. Ich kann es nicht glauben. Als ob es mich gar nicht gäbe, denke ich verzweifelt. Zugleich bin ich so froh, dass ich aus der Schusslinie bin.

Wenn ich rede, sind wir tot.

Es dreht sich in meinem Kopf: Wenn ich rede, sind wir tot. Wenn ich rede ...

Und reden werde ich früher oder später, ob ich das Zeug trinke oder nicht.

Da kommt mir ein Gedanke.

Bernd hat Omi Schu erwähnt. Anita wollte die Drogen in Hamburg verkaufen. Ist es möglich, dass Bernd den Stoff längst von Anita bekommen hat? Das meiste hat sie ja mitgenommen. Dann will er die Bergers übern Tisch ziehen, sich die Drogen von ihnen bezahlen lassen. Dann hat er hunderttausend *und* den Stoff. Aber dann kann ihm doch nichts daran liegen, dass ich rede. Hält er sich deshalb dauernd mit seiner Exfrau auf? Nein, das ist echte Wut.

»Wir sind geschieden, Karin, falls dir das nicht mehr gegenwärtig ist. Mit wem ich das Bett teile, ist ausschließlich meine Sache.«

Ehe Frau Groote wieder wütend werden kann, wirft Frau Berger ein:

»So einfach ist das nicht, Bernd, die Susanne hatte mit Roman Kontakt. Ich habe sie mehr als einmal da oben gesehen.«

»Ich dachte, die steht mehr auf alte, äh, gestandene Männer«, mischt sich Heinz Berger mit schrägem Blick auf Bernd ein. Es macht ihm eindeutig Spaß, Bernd zu piesacken. »Männer wie diesen Immobilien-Hai.«

»Rainer«, entfährt es mir unwillkürlich.

»Sie kennen wirklich jeden, was?«

Es klingt fast wie Bewunderung. Dann wendet er sich wieder Bernd zu.

»Aber der ist vor Kurzem gestorben. Da kam ihr Roman gerade recht. Stoff ist eben nicht alles.«

Er kichert bösartig. Brr, das macht mir eine Gänsehaut.

»Hatte sie etwa was mit dem?«, braust Bernd wieder auf.

»Lasst das doch, es gibt Wichtigeres ...«, mahnt Frau Berger, aber niemand beachtet sie. Frau Groote lacht hämisch. Meine Güte, *die* kann sich mit Heinz Berger zusammentun.

»Vielleicht wollte Susanne ja auch lieber Frischfleisch.«

Dabei lässt sie ihren Blick provozierend langsam an ihrem Exmann rauf und runterwandern.

Sie soll das lassen! Ich werfe ihr einen verzweifelten Blick zu. Aber sie hat nur Augen für ihren Gegner. Der ist im Nu auf den Füßen und hebt die Faust. Er wird sie doch nicht schlagen wollen!

»Nicht!«, rufe ich.

Aber das geht in einem allgemeinen Tumult unter. Er schwingt die Faust. Wieder ist sie schneller als er, diesmal tritt sie ihn mit aller Macht zwischen die Beine. Herr Berger löst sich zögernd von der Tür und greift nach ihr.

Tu was, Waltraud!

Hektisch sehe ich mich um. Der Kaffeebecher! Ins Gesicht der Berger mit dem heißen Kaffee! Schlecht gezielt, das meiste trifft ihren Hals. Sie kreischt auf. Schüttelt sich, ist schon halb aufgesprungen.

Mehr, Waltraud!

Da, die Obstschale! Da, der dicke Apfel! Ich packe ihn und werfe ihn der Berger an den Kopf. Gut getroffen diesmal, sie plumpst gurgelnd wieder auf ihren Stuhl, hält sich die Nase. Tränen laufen ihr übers Gesicht. Schon bin ich auf den Füßen. Die Groote hackt mit den scharfen Scherben der Kaffeetasse nach den Händen von Heinz Berger, sodass er sie nicht packen kann. Aber das geht nicht mehr lange gut.

»Das Obstmesser«, krächze ich und halte ihr die Obstschale hin.

Aber sie reißt mir die ganze schwere Schale aus den Händen, macht einen schnellen Schritt auf den Berger zu und, das geht doch nicht, der ist doch viel zu schnell, aber nein, sie trickst ihn aus und knallt ihm die Schale auf den Kopf. Äpfel plumpsen auf den Boden, das Messer fällt mir vor die Füße. Schnell hebe ich es auf. Ah, ein gutes, scharfes Obstmesser! Ich fummle damit vor dem Gesicht von Frau Berger herum, die will danach greifen, aber ich halte fest.

»Ahh!«, schreit sie und zieht ihre Hand zurück. Blut tropft auf die Tischdecke.

»Ich bring dich um, du Miststück«, höre ich mich kreischen.

Ich?

Sehe in angstweite Augen. Frau Groote zieht mich am Arm.

»Nicht doch, raus hier«, mahnt sie, zerrt mich zur Tür. Ich steige über den schlaffen Körper von Herrn Berger, schaue mich kurz um, ehe wir im Flur verschwinden. Bernd liegt wieder neben dem Gummibaum und stöhnt, diesmal hat sie ihn besser getroffen. Frau Berger ist aufgesprungen, Kaffee läuft über ihre Brust, Blut strömt aus ihrer Nase, tropft von ihrer rechten Hand. Sie versucht trotzdem, uns zu folgen, aber Bernd rempelt sie an, sie stolpert. Ich umklammere noch immer das Messer, als ich in den Flur haste.

An der Wohnungstür zögert Frau Groote, was fummelt die da, wir müssen weg hier. Ich höre einen Schlüssel klappern. Endlich sind wir im Treppenhaus.

»Zu mir!«, befiehlt Frau Groote

»Hinterher! Wir müssen ...«, mehr höre ich nicht, die Tür knallt zu. Ich versuche, so schnell wie möglich die Treppe runterzukommen.

Nach ein paar Stufen merke ich, dass die Groote mir nicht folgt. Was macht die? Ist die verrückt geworden?

Sie steht an der Tür und schiebt einen Schlüssel ins Schloss. So, wie der Schlüssel klappert, müssen ihr die Hände gewaltig zittern. »Geh schon rein«, ächzt sie. Dann dreht sie um und springt mir entgegen.

»Ich hab sie eingeschlossen, das hält sie nur für ein paar Minuten auf, aber das müsste uns reichen. Kommen Sie, schnell.«

»Aber die haben doch einen zweiten Schlüssel«, schnaufe ich ängstlich, quäle mich die Treppe runter. Muss ich denn dauernd durch dieses verdammte Treppenhaus hetzen?

»Darum hab ich den ja stecken gelassen.«

Schon ist sie mir voraus, holt den eigenen Schlüssel aus der einen Jackentasche und aus der andern ihr Handy. Sie drückt mir den Wohnungsschlüssel in die Hand.

»Der grüne«, befiehlt sie, während sie rasend schnell die Tasten drückt.

25

Wird Zeit, dass ich Frau Tietjen besuche. Ich habe ihr jetzt so einiges zu erzählen. Bei dem Wetter kommt sie ja kaum raus, wird sie sich über Gesellschaft freuen. Schon an der Tür höre ich Gottfried bellen. Nanu? Ist er Andreas wieder entkommen? Kaum ist die Tür einen Spalt weit offen, quetscht er sich raus und umspringt mich fröhlich. Ich streichele ihn freudig und sehe es sofort: Er trägt ein Halsband.

»Ich habe ihm ein Halsband umgelegt, sonst verhaftet man mich auch noch, wissen Sie«, erklärt Frau Tietjen, während sie mich lächelnd ins Haus zieht.

»Verhaften? Wieso denn das?«

»Haben Sie es nicht gehört? Man hat Andreas Körber festgenommen, weil Gottfried keine Hundemarke trug.«

Ich sehe verblüfft in ihre lachenden Augen.

»Na gut, so ganz stimmt das nicht. Es war vielmehr so, dass Gottfried gegen den Leinenzwang verstieß. Oder war es Andreas? Egal, ein paar Wachleute haben ihn darauf angesprochen, und da hat der Junge wohl in Panik überreagiert. Nun, jetzt sitzt er fest.«

»Da bin ich aber froh, Frau Tietjen, das war der Letzte, vor dem ich mich noch gefürchtet habe.«

»Er muss Gottfried wirklich gernehaben. Man sollte meinen, er hätte mit sich genug zu tun, aber er hat die Polizei gebeten, den Hund zu mir zu bringen und nicht ins Tierheim. Tja, ein tierlieber Mörder.«

Eine Weile sehen wir schweigend zu, wie Gottfried das Wohnzimmer abschnüffelt.

»Aber nun stehe ich wieder mit dem alten Problem da. Ich kann Gottfried nicht behalten, und doch kommt er immer wieder zurück. Ich bin, ich gestehe es, ratlos.«

He, Waltraud, sag es!

»Vielleicht, äh, könnte *ich* ja mit ihm rausgehen. Ich wollte doch immer einen Hund.«

»Oh, Frau Friese, wollen Sie das wirklich für uns tun! Was für eine exzellente Idee!« Sie klatscht vor Freude in die Hände. »Diese Abmachung hat noch einen anderen Vorteil, wissen Sie? Frau Winter sieht sich nämlich außerstande, unser Kontrollabkommen weiterzuführen. Das ist nicht mehr nötig, wenn Sie täglich vorbeischauen.«

Gottfried plumpst schnaufend zu meinen Füßen auf den Boden.

»Er mag Sie, er wird Ihnen keine Schwierigkeiten machen. Nicht wahr, Gottfried?«

»Wuff«, bestätigt er und sieht aufgeregt von mir zu ihr, als ob er uns verstanden hätte.

Wir lachen beide. Beide? Na klar, ich wette, Gottfried lacht auch.

»Gut, Frau Friese, das haben wir zur Zufriedenheit geklärt, jetzt erzählen Sie doch bitte, was geschehen ist. Im *Kurier* stand lediglich, man habe einen Drogenring gesprengt. Ich dachte mir, dass das Ihre, oder darf ich sagen, *unsere* Geschichte ist, auch wenn Sie nicht erwähnt werden.«

»Ach, das ist mir ehrlich gesagt ganz recht, wer weiß, wer noch dazugehört und frei rumläuft. Ich muss nicht in die Zeitung, womöglich noch mit Foto, nee, nee.«

Ich denke an die Tropfen, die man in Herrn Bergers Hosentasche gefunden hat. Bergers haben zwar versucht aufzuräumen, aber die Polizei war sehr schnell, muss ich zugeben, ziemlich gut waren die sogar diesmal. Zwar wollten die mir zuerst nicht glauben, dass die Becherfarbe wichtig ist, aber Frau Groote unterstützte mich: »Frau Friese beobachtet außerordentlich genau, das sollten Sie prüfen.«

»Machen wir, sowieso«, hat der Assistent Seidelbach süffisant geantwortet, aber danach hat er mich nicht mehr dümmlich angegrinst, sondern ernst genommen.

Hat mir gutgetan, gebe ich zu.

»Man hat in den Scherben der blauen Tasse Spuren von diesem Zeug gefunden. Wie hieß das noch? Ein Gift, das einen geschwätzig macht. Aber bei der falschen Dosierung bringt es einen auch um.« Noch beim Erzählen graust es mich.

»Ja, Engelstrompete, Scopolamin«, nickt Frau Tietjen. »Wunderschöne Blumen.«

»Das kennen Sie?«, frage ich erstaunt.

»Ja, gewiss, Frau Friese. Wir hatten früher einen Bauerngarten, müssen Sie wissen. Ich erinnere mich gut, dass meine Mutter uns vor diesen Blumen gewarnt hat. Damals hatte man ja noch viel mehr Kenntnisse von solchen Pflanzen.«

»Erst hab ich ja gedacht, dieser Bernd, der Anwalt, der redet sich raus, weil die ja auch Drogen in Frau Grootes Wohnung versteckt haben. Aber vorhin hat mir Frau Groote erzählt, dass man bei Bernd im Safe Romans Drogen gefunden hat. Hatte ich also recht mit der Vermutung, dass er nicht nur den Rest haben wollte, sondern vor allem Geld. Da werden die Bergers schäumen, wenn sie das erfahren.«

Frau Tietjen nickt ernst.

»Gier«, sagt sie leise. »Ein Grundübel der Menschen.«

Warum fällt mir jetzt Anita ein?

»Ich bin mir nicht sicher, ob ich nachher da hingehen soll oder nicht. Ich meine, was habe ich noch zu befürchten, jetzt, wo alle verhaftet sind. Ich wüsste zu gerne, was sie eigentlich von mir will. Außerdem …« Ich greife stolz lächelnd in meine Tasche, »habe ich jetzt auch ein Handy.«

Ich zeige mein Telefon wie ein Kind die Eins im Zeugnis.

»Da kann ich Ihnen nicht raten, Frau Friese, nur eines: Seien Sie vorsichtig. Aber mit Ihrer Fähigkeit, schnelle Schlüsse zu ziehen, werden Sie schon das Richtige tun.«

Ich kann es nicht verhindern, ich werde rot bei diesem Lob.

26

Ich spüre schon die Aufregung und ein bisschen Angst, als ich vor Anitas Haus stehe. Aber nun, wo auch Andreas eingesperrt ist, was soll mir noch geschehen?

Sie empfängt mich mit strahlendem Lachen. Sie erzählt, als gäbe es nichts Aufregenderes in unserem Leben, von ihrer Enkeltochter und deren Studium. Ich frage höflich nach und warte darauf, dass sie zur Sache kommt. Von mir erfährst du nichts, denke ich, solange du dich nicht zeigst.

Endlich greift sie nach einem dicken Briefumschlag und schiebt ihn über den Tisch neben meinen Kuchenteller.

»Dein Anteil«, erklärt sie lapidar.

Verblüfft schaue ich sie an, wage nicht, den Umschlag zu berühren.

»Was ist das?«

»Geld. Mach's auf. Ich habe die Schätze aus Romans Wohnung verkauft, an einen Hamburger Anwalt, mehr musst du ...«

»An Bernd!«

»Wie? Woher weißt du das?« Sie wirft mir einen scharfen, misstrauischen Blick zu.

Vorsicht, Waltraud, Glatteis!

»Der ist gestern verhaftet worden. Man hat das Zeug in seinem Safe gefunden.«

»Verhaftet? Oha.« Sie denkt nach.

»Er wird dich anzeigen«, warne ich.

Da lacht sie fröhlich.

»Kann er, die Polizei hat mich schon einmal besucht. Ich spiele perfekt die leicht debile Alte, du solltest mich sehen!«

Sie bricht in schallendes Gelächter aus, sieht mich dann mit einem Blick an, in dem völlige Verwirrung liegt.

»Ich kann mich nicht erinnern, Herr Kommissar«, flüstert sie.

Wieder lacht sie, diesmal falle ich mit ein, sie ist wirklich zu komisch. Aber ob sie damit durchkommt? Nicht mein Problem. Oder wird es das, wenn ich den Umschlag annehme? Kann ich überhaupt Drogengeld annehmen?

Sie ahnt meine Skrupel.

»Nimm es als Schmerzensgeld oder Entschädigung für die Angst, die du ausgestanden hast.«

»Wie viel ist es?«

»Dreißigtausend Euro in bar, rabenschwarz und steuerfrei.«

Ich denke an die hunderttausend, die Bernd haben wollte, an Andreas' Bemerkung über Anitas Geldgier. Was soll's, dreißigtausend Euro, das ist für mich sehr, sehr viel Geld.

Unterschätze keine alten Damen, Anita kann wohl Gedanken lesen.

»Ich habe weniger bekommen, als ich erhofft hatte. Dieser Bernd wusste genau, dass da noch etwas fehlt.«

»Die Tabletten«, werfe ich ein. »Was machst du nun damit, wo dein Kontakt …« Ich wedele mit der Hand.

»Die behalte ich, damit komme ich aus bis ans Lebensende. Wirklich, Waltraud, du solltest die ruhig auch mal probieren.«

Aber ich schüttle nur den Kopf, denke an Frau Tietjen und Gottfried und weiß, was für mich richtig ist.

»Natürlich habe ich mir einen größeren Teil gegönnt, schließlich hatte ich die Hauptarbeit«, ergänzt sie.

»Warum gibst du mir überhaupt was ab?«, frage ich spontan, nicht sehr höflich, zugegeben.

Aber sie nimmt nichts übel, oder die Tabletten, die sie garantiert genommen hat, wirken besänftigend.

»Ohne dich hätte ich nichts davon«, erklärt sie. »Außerdem hält es deinen Mund verschlossen.«

Rums. So viel zur Wirkung der Tabletten.

Ich nicke.

»Ich habe versucht, dich rauszuhalten, aber so ganz ging das eben nicht. Ich bin nicht gut in Verhören«, versuche ich mich zu verteidigen.

Sie lächelt wieder freundlich.

»Ich mache dir keine Vorwürfe. Außerdem bin ich nicht mehr lange hier, ich ziehe weg.«

»Wohin denn?«

»Ich sagte doch, dass es mich in wärmere Gefilde zieht. Ich habe in Süditalien ein kleines Anwesen erstanden.«

Süditalien? Da gibt es auch Polizei, denke ich. Pass du mal auf.

»Reicht das denn?«, frage ich und deute auf den Umschlag.

»Ich hatte ja noch etwas auf der hohen Kante, und dieses Häuschen habe ich zum Verkauf an einen Makler gegeben.«

»Sag nicht, an das Immobilienbüro Richter!«

»Nein, Heinemann, wieso?« Sie sieht mich verständnislos an.

»Weil das ein Zufall wäre, den kein Mensch mehr glaubt.«

27

Kallis Wohnung ist nicht mehr versiegelt, sehe ich, als ich am Briefkasten stehe. Wie gerne würde ich die gegen meine Wohnung tauschen. Die ist bestimmt teurer, ist ja größer und hat keine schrägen Wände. Wie viel müsste ich wohl dazubezahlen? Ob Anitas Geld reicht? Ach, wäre das schön! Ich möchte nicht wegziehen aus diesem Viertel, aber ich muss raus aus dem dritten Stock. Die Anstrengung der letzten Tage hat es gezeigt. Ohne den Stuhl von Frau Groote geht gar nichts mehr. Ich stöhne ein wenig, als ich an die vielen Stufen denke. Und wird ja nicht besser in Zukunft. Ich werde diesen Alf anrufen, ehe die Wohnung weg ist. Geht ja schnell in diesem Viertel.

Ach, schau an, ich habe Post bekommen. Wer schreibt mir denn? Notariat Schmeckler in Hamburg. Nie gehört. Ich reiße den Umschlag auf, gleich hier. Hui, teures Papier. Was wollen die denn?

»Termin für die Testamentseröffnung.«

Rainers Testament. Also gibt es das doch! Oh, da liegt ja noch ein Umschlag bei. Neugierig öffne ich den Brief. Alf Richter, ach nein. Wenn man vom Teufel spricht ... Schnell überfliege ich die Seite. Ich soll mich nicht abhalten lassen zu kommen, schreibt er, auch wenn Helga mich bedroht hätte.

»Meine Großmutter leidet leider unter einer leichten Störung der Realitätswahrnehmung.« Heißt das, sie ist bekloppt? Komisch war sie ja. Arme Helga.

Plötzlich wird mir klar, was das bedeutet. Ich habe Geld! Viel Geld! Mit dem Drogengeld zusammen bin ich reich! Das heißt, ich kann Kallis Wohnung kaufen, kann hier im Viertel wohnen bleiben, und das heißt auch, ich kann mir Gottfried mit Frau Tietjen teilen. Wenn das kein Grund zum Feiern ist.

Oh ja, oh ja, ich freue mich wie ein Kind. Ich mache ein Fest und lade Leute ein. Die Oma-Connection! Ich kichere. Frau Tietjen, Anita – gerne, aber nur, wenn sie nüchtern ist – und Frau Groote, ist zwar noch keine Oma, kann ja noch. Bin ja streng genommen auch keine. Soll ich Helga auch einladen, oder wäre das gemein? Wo es doch ihr Geld ist, mit dem ich feiere. Mal sehen, wie sie sich verhält bei dem teuren Notar. Mir zittern die Finger, als ich den Brief in den Umschlag zurückstopfe, fühle mich wie betrunken. Ich öffne die Haustür. Die Sonne scheint, es sieht nach Frühling aus. Beschwingt gehe ich los, Gottfried wartet auf seinen Spaziergang.

ENDE

Martha Bull, geb. 1949 in Bonn, studierte in Bonn und Marburg. Ihr Lehramtsreferendariat schloss sie 1979 in Berlin ab und lebt seitdem in Bremen. Sie war viele Jahre in der Erwachsenenbildung tätig und ist seit 1997 in der Kinderbibliothek Horner Straße beschäftigt. »Frau Friese und der Fenstersturz« ist ihr erster Krimi in der Edition Temmen.

Die Deutsche Bibliothek verzeichnet diese Publikation in der Deutschen Nationalbibliografie; detaillierte bibliografische Daten sind im Internet unter http://dnb.ddb.de abrufbar.

Hohenlohestraße 21
28209 Bremen
Tel. 0421-34843-0
Fax 0421-348094
info@edition-temmen.de
www.edition-temmen.de

Printed in Hong Kong
ISBN 978-3-8378-7019-0